D1134280

IK SNAP YOU NOT

Lees ook de andere chicklit-uitgaven van
Uitgeverij Zomer & Keuning

Els Ruiters
HOLLEN OF STILSTAAN
LIEFDE IN DE STEIGERS
BALLETSCHOENEN EN BOXERSHORTS

Iris Boter
REÜNIE IN ROME

Marijke van den Elsen
LEUK VOOR ÉÉN NACHT

Mia Land
TAXI!
RONDJE!
TOT ZIENS!

Mariëtte Middelbeek
DIOR EN DENNENBOMEN
LOVALICIOUS
HEX!

Anita Verkerk
PRINCESS FLIRT
LEVE DE LIEFDE!
LANZAROTE LOVER

Rianne Verwoert
LIEVER NIET VERLIEFD
TROUW(EN)

Els Ruiters

Ik snap you not

Tweede druk, november 2009

ISBN 978 90 5977 436 0
NUR 301

Omslagontwerp: Julie Bergen
Omslagfoto: Pete Seaward/Getty Images

www.nederlandsechicklit.nl

1

'Hé, Es, zal ik je eens wat vertellen? Oom Leo is overleden.' Stijn, die op de leren tweezitter (míjn leren tweezitter) hing, legde net de telefoon neer op de salontafel toen ik binnenkwam.

'Wat?'

'Oom Leo. Dood. Als een pier.'

'Ja, ja, ik had je wel verstaan. Wanneer? En hoe weet je dat?'

Stijn knikte naar de telefoon. 'Ik had net iemand van het bejaardentehuis aan de lijn. Hij lag dood in bed, vanmorgen vroeg. Hartstilstand, zei de zuster.'

'O,' zei ik een beetje stompzinnig. Toen, verrast: 'Belden ze hierheen?' Oom Leo. Die naam had ik lang niet meer gehoord. Mijn ouders leefden al jaren en jaren op voet van oorlog met oom Leo. Behalve dat hij ergens in een bejaardentehuis in Twente woonde, wist ik niets van hem.

'Ik weet ook niet waarom,' zei Stijn ongeïnteresseerd. 'Zeiden ze niet.'

Oom Leo had geen andere familie, en misschien had hij eens laten vallen dat hij een neef in Nijmegen had wonen. Zo had men waarschijnlijk een nummer gevonden, en via de naam Williams waren ze bij mij uitgekomen. De zusters zouden wel eerst naar pa en ma gebeld hebben, maar die waren de hele week weg en het tweede nummer in de gids was het mijne. Stijn had zichzelf binnengelaten op mijn etage en toen de telefoon was gegaan had hij hem opgenomen en was daarmee de eerste ontvanger van het bericht geworden.

'Het werd onderhand tijd. Hoe oud is die knar geworden? Vierennegentig? Ik dacht dat die taaie rakker ons allemaal zou overleven. Maar toch dus. De eeuwige jachtvelden mogen er blij mee zijn.'

'Stijn... Doe even normaal. Het kan wel een beetje minder grof, hoor.' Ik zette mijn tas in de hoek, haalde een glas drinken en plofte op de andere bank. Oom Leo dood. Goh. Ik kreeg meteen visioenen van grauwroze beddengoed, een plastic plaatje dat over de chromen rand van een bed was geklemd met daaronder een kaartje met zijn naam erop. De hoofdingang van een tehuis in Enschede en de geur die naar buiten golfde als de schuifdeuren opengingen. Ik was er nooit geweest, maar je hoefde niet al te veel fantasie te hebben om dat eindstation voor je te zien.

'Ik doe normaal, jij doet schijnheilig,' zei Stijn onaangedaan en de beelden in mijn hoofd spatten uit elkaar als een zeepbel. Hij schopte zijn schoenen uit, zakte wat verder onderuit en legde zijn voeten op de salontafel. 'Het scheelt je een kerstkaart, gezanik als pa weer ouwe koeien uit de sloot gaat halen omdat-ie misschien gebeld heeft en godzijdank hebben we nooit verplichte bezoeken af hoeven leggen. Daar hoeven we nu al helemaal niet meer bang voor te zijn.'

'Stijn!' riep ik verontwaardigd uit. 'Ik heb het niet over oom Leo, ik heb het over jou. Als je zo doorgaat, ben je later een ouwe zure vent, en stinkend alleen, omdat je iedereen wegjaagt met je 'grappige' opmerkingen.' Ik wipte mijn pumps van mijn voeten en wiebelde dankbaar met mijn tenen. 'Heb je pap en mam al gebeld op hun mobiel?'

Mijn broer negeerde mijn vraag. 'Vroeger was het wel leuk,' zei hij peinzend en tikte met zijn wijsvinger tegen zijn onderlip. 'We mochten altijd een ijsje. Als je een beetje doorzeurde, gaf hij je geld om snoep te gaan kopen. Weet je dat nog? En later, toen kon je zeggen dat je nog niks had gehad, en dan kreeg je nog een keer een rondje.' Hij pakte zijn biertje van de tafel, nam een slok en hield het flesje tegen het licht. 'Over stinkend gesproken: hij had toch een huis in Frankrijk?'

'Ja, en dus?'

'Aangezien wij zijn enige familie zijn, heb je best kans dat wij dat huis erven.'

'Jongen! Waar denk jij aan? Die man is nog niet eens koud!'

'Nou, en? Geld, zusje, geld, geld en nog eens geld. En een huis aan de Côte d'Azur!'

Stijn en ik waren dan wel geboren op dezelfde dag, maar we waren zo verschillend als dag en nacht. Stijn was een flierefluiter met een soms veel te grote mond, nonchalant en o, zo lui, hoewel je dat misschien niet zou zeggen als je hem zag. Hij had behoorlijke spierbundels en onder de donkere lokken zat een goed stel hersens verborgen, wat je óók niet altijd zou zeggen. Stijns devies was: waarom zou je je in het zweet werken voor een acht, als je met een zes ook slaagt?

'Dat huis stond toch in Cap d'Agde?' ging Stijn verder.

Ik haalde mijn schouders op. 'Dat weet ik niet meer, hoor.' Eerlijk gezegd stuurde ik oom Leo alleen maar een kaart omdat hij nog steeds op mijn lijstje 'verplichte nummers' stond, maar dat was alles. Toen Stijn en ik een jaar of elf, twaalf waren, had pa grote ruzie gehad met oom Leo. Wat er precies voorgevallen was, wisten we niet, maar pa zei dat oom Leo zijn handen niet thuis kon houden als hij alleen met ma in de kamer was. Of het waar was, weet ik niet – wel weet ik dat de spanning zo hoog opgelopen was dat pa vanaf dat moment weigerde erheen te gaan, en oom Leo kwam bij ons het huis niet meer in.

Natuurlijk vonden Stijn en ik dat maar raar. Wij waren te jong om het te begrijpen, wisten niks van die ruzie, hoorden het pas jaren later. Als ik ernaar vroeg, reageerde ma door plotseling heel druk in de keuken te gaan rommelen en pa antwoordde bars 'dat we het niet meer over die ouwe zak hadden'. Vervolgens kwam er dan een hoop onverstaanbaar gemopper en gemompel, en uiteindelijk gaf ik het maar op. Na verloop van tijd dachten we niet meer aan hem.

Oom Leo dacht wel aan Stijn en mij. Hij stuurde ons, via mijn ouders, elk jaar met Kerst een kaart met daarin een tientje. Ieder jaar. En dus stuurde ik altijd netjes een kaart terug met een bedankbriefje. Met dezelfde warmte als waarmee je de belastingpapieren op de bus gooit: je doet het gewoon, denkt er niet echt bij na.

'Es?' Stijn keek op. 'Wat is er?'

'Ik dacht aan vroeger,' zei ik. 'Die schommel in de tuin, dat vond ik cool.'

'Oom Leo was een *dirty old man,*' zei Stijn. 'Hij kon zijn handen niet thuishouden. Hij probeerde ma te versieren.'

'Denk je niet dat pa dat allemaal een beetje opgeblazen heeft?' vroeg ik peinzend. 'Ze hebben niet eens geprobeerd het bij te leggen.'

'Wie weet heeft hij ma wel van achteren beslopen,' siste Stijn me met pretogen toe. 'En wilde hij haar net grijpen toen pa...'

'Stijn! Houd je op!' riep ik boos.

Stijn nam nog een slok en wees met de hals van het bierflesje naar me. 'Enfin, vergeet het nou maar, Es. Hij is nu dood. Wie weet heeft de erfenis nog wel iets leuks voor ons in petto.'

'Tjonge, wat ben jij bot,' zei ik hoofdschuddend.

Stijn keek me aan, krabde aan zijn kin en zei: 'Ja. Dat weet ik. Bel jij ma en pa? Ik weet niet of ze willen gaan, maar de crematie is op...' hij raadpleegde de achterkant van een envelop die hij had gebruikt om aantekeningen op te maken, '... dinsdag, in Enschede, om halftwee. Daarna moeten we de keet leeghalen.'

'Nee toch?' zei ik opstandig.

'Jawel. Wij zijn de enige familie en moeten natuurlijk zijn plek in het bejaardentehuis opruimen en de hele financiële zooi afhandelen. Dat doen we: we laten een container komen, smijten al zijn spullen erin en ronden dat hele gedoe in één keer af. Exit oom Leo.' Hij schoot plotseling omhoog en legde zijn hand op mijn schouder. 'Vergeet het, Es. Binnenkort is hij *ashes to ashes, dust to dust* en gaan wij weer verder met ons leven. Afgelopen. Fini. Uit.'

Stijn had er niet verder naast kunnen zitten.

*

Het bejaardentehuis was minder somber dan ik me voorgesteld had. Misschien had dat wel te maken met het jaargetijde. Het was juni en alles baadde in een heerlijke zomerzon. Overal op het terrein stonden bomen, planten en heesters in volle bloei, het groen fris en glanzend, de bloemen fleurig en geurig. Er waren zitjes in de schaduw, waar oude mensen zaten te schaken, te praten en te kaarten.

'Iets om naar uit te kijken,' zei Stijn sarcastisch en liep achter pap en mam aan naar de trap. 'Schaken, klaverjassen en kijken naar kontjes van leuke zusters.'

'Gedraag je,' zei ik en gaf hem een duw. Pa keek over zijn schouder naar Stijn en ik rolde alleen maar veelbetekenend met mijn ogen. Soms was Stijn een ongeleid projectiel. De enige die hem nog een beetje in toom kon houden, was ik. Naar mij luisterde hij meestal wel.

'Zolang je alleen maar kijkt...' mompelde ik, en zelfs aan zijn rug kon ik zien dat Stijn grijnsde.

Mam deed een duit in het zakje. 'Wie weet waar wij straks zitten en hoe wij eraan toe zijn als we zo oud zijn. Of jij.'

'Ik ga hier niet zitten, om de dooie dood niet,' zei Stijn vastberaden. 'Ik verkoop mijn bezittingen, koop een zeewaardig jacht en vertrek. Ik zeil naar Midden-Amerika, spring overboord in het oog van een klasse vijf orkaan en dan is het voorbij.'

'Voor iemand van zesentwintig heb je erg weinig besef van de realiteit,' zei pa, en de kilte in zijn stem waarschuwde me, nog voordat hij uitgesproken was. Snel trok ik Stijn aan zijn arm.

'Stijn...'

Mijn broer wist precies waarom ik deed wat ik deed. Pa was een enorme stijfkop en het zou alleen maar uitlopen op ruzie. We zouden vandaag de flat van oom Leo leeghalen. Nog een keer terugkomen omdat een van beide heren opstapte nog voordat we begonnen waren, was iets waar niemand op zat te wachten. Dus klapte Stijn zijn mond dicht, slikte de opmerking in die op het puntje van zijn tong lag en zei, na een geërgerde zucht: 'Kom op. Laten we de rotzooi van die ouwe opruimen.'

Een efficiënte dame in de ontvangsthal van het bejaardentehuis condoleerde ons met een ernstig gezicht en gaf ons de sleutel die van oom Leo was geweest. Daarna vertelde ze ons op gepaste fluistertoon dat we net zoveel tijd konden nemen als we nodig hadden.

De kleine flat van oom Leo op de tweede verdieping was deprimerend. De huiskamer was een vierkante ruimte van nog geen zestien vierkante meter met vergeeld strepenbehang. Er hing een doordringende lucht van sigaren en ontsmettingsmiddel. Het stond er vol met verwaarloosd en schimmelig meubilair. Bij het raam, voor de radiator, stond een bruine stoel die eruitzag alsof oom Leo er zijn hele leven in gezeten had. De vitrages hadden de kleur van oud papier. Er hingen een paar kitscherige versierseltjes en enkele krantenknipsels aan de muur, ruwweg vastgeprikt met een punaise.

'Rijke stinkerd,' mompelde Stijn. 'En dat klopt allebei. Zo rijk dat hij vanzelf is gaan stinken.'

'Wat is het hier vervuild,' zei ma lichtelijk geschokt. Ze liet haar vingers over de rand van een buffetkast glijden en trok haar hand abrupt terug toen er een vettige aanslag op achterbleef. 'Arme man,' hoorde ik haar zeggen, maar wel zo zacht dat pa het niet hoorde.

Arme man? Dus ma voelde zich toch ook een beetje opgelaten over het verleden. Ik zei: 'Laten we maar beginnen. Pap en mam, als jullie de huiskamer doen, dan beginnen Stijn en ik in de keuken.'

'Zal ik dat niet doen?' vroeg ma weifelend.

Ik wimpelde dat meteen af. 'Nee, jij moet papieren uitzoeken en zo. Wij gaan de keuken uitruimen.'

'Joepie,' zei Stijn en ik trok hem mee voordat hij ging klagen. In het keukentje stond een stokoude radio die Stijn na enig prutsen aan de praat kreeg en terwijl de muziek hard aanstond, haalden we de kasten leeg. Het was een allegaartje van vaatwerk, potten en pannen. 'Breng je dat naar de kringloop?' vroeg ma, die even de keuken inkwam, maar ik schudde mijn hoofd. 'Nee, wie wil er nou zo'n zootje hebben? We stoppen het glas in een doos voor de glasbak, al die etensresten gooien we in een vuilniszak en dan gaat alles linea recta naar de stort.'

'Maar er zitten nog zulke goeie dingen tussen...' zei ma bijna smekend. Ze hield niet van weggooien en keek spijtig naar een foeilelijk bruin-oranje koffiezetapparaat dat minstens dertig jaar oud moest zijn.

'Heel retro!' vond Stijn, die haar blik volgde en met opgetrokken neus de stekker uit het stopcontact trok. De bedrading lag helemaal bloot, en zonder aarzeling pakte hij het ding op en liet het met een luide klap in een doos vallen. 'Helaas, over de datum. *Bye bye*!'

Ik grinnikte. 'Ga nou maar binnen aan de gang, mam. Al die troep, daar hebben we niks meer aan.'

'Maar een vlooienmarkt dan? We kunnen het in de schuur zetten totdat ze weer langskomen en...' probeerde ze nog.

'Ma!' riep Stijn. 'Asjeblief zeg! Dan staat die zooi er over veertig jaar nog en moeten we dit opnieuw doen!'

Mam keek verongelijkt en in de kamer begon pa al protestgeluiden te maken om Stijn terug te fluiten. Voor mij het teken om haar vriendelijk, maar met enige dwang de keuken uit te duwen. In een stevig tempo gingen Stijn en ik daarna verder met het werk. De radio leidde mijn gedachten af en dat was maar goed ook, want bij elk kopje en elk theelepeltje knaagde het schuldgevoel over het gebrek aan interesse voor wijlen mijn oudoom aan me.

'Zal ik een kopje thee zetten?' riep ma vanuit de kamer.

'Nee!' riepen Stijn en ik tegelijk terug. Ik pakte een door kalk wit uitgeslagen glazen theepot waar teerbruine randen in zaten en gooide het ding huiverend in de doos voor de glasbak. Alles was vies en vettig en dat maakte dat ik me ook vuil voelde. Niet in de letterlijke zin (hoewel dat gevoel vanzelf zou komen), maar op een andere manier: wat waren wij voor familie dat we de enige oudoom die we hadden lieten vervuilen? Opeens zag ik voor me hoe hij probeerde om ma te zoenen. Ergens in mijn binnenste woedde er een vreemde strijd tussen medeleven en totale walging. Een uur werken in de keuken bezorgde me een megaschuldgevoel en ik werd steeds stiller, wat mijn broer natuurlijk al snel in de gaten kreeg.

'Hoe vind je dat het met ma gaat?' vroeg hij, om me af te leiden.

'Goed. Redelijk,' antwoordde ik. 'Door die nieuwe medicijnen is ze minder moe, geloof ik.'

'Het zou weg moeten zijn,' zei Stijn met zijn gebruikelijke directheid. 'Dan zouden wij hier niet eens hoeven staan. Dan reed ze zelf auto en kon ze hier met pa de boel leeghalen.'

Ja hoor, Stijn door de bocht. Typisch zo'n opmerking van mijn fijngevoelige broer.

'Doe niet zo egoïstisch. Je wilt dat ma zich beter voelt zodat jij hier niet hoeft op te ruimen?'

'Nee,' zei hij. 'Ik wil dat ma zich beter voelt zodat jij hier niet hoeft te zijn.'

*

Tijd om een introductierondje te doen. Ik ben Esther Williams. Zesentwintig jaar, onderwijzeres op een basisschool in Nijmegen. Op dit moment sta ik voor groep drie. Vijfentwintig kindertjes kijken mij vol ontzag aan als ik op het bord laat zien hoe ze *ik*, *vuur*, *maan*, *roos*, *vis* moeten schrijven. Het is leuk, ik vind mijn werk heerlijk. Ik kan goed met kinderen omgaan, maar met hun ouders heb ik soms wat minder geduld. Vooral met die ouders die hun kind koste wat het kost naar de top willen duwen – dat zijn de lastigste. Het behoeft dan ook weinig toelichting als ik zeg dat ik niet dol ben op ouderavonden. Maar dat hoort er nou eenmaal bij, en over het algemeen zijn die gesprekken nog eenvoudig: het kind doet het goed en kan zo prima verdergaan. Of het kind doet het niet goed en ik laat vervolgens zien wat er voor mogelijkheden zijn om de oogappel van de ouder verder te begeleiden. Twee dagen in de week werk ik als *remedial teacher*, en begeleid ik kinderen die leerproblemen of een taalachterstand hebben. Dat werk is me op het lijf geschreven, en vind ik misschien nog wel leuker dan het normale lesgeven.

Hoe ik eruitzie? Ik ben 1.72 meter, ik heb schouderlang lichtbruin haar en bruine ogen. Ik draag contactlenzen en soms een bril. Mijn favoriete kledingstuk is een heerlijke chocoladebruine spijkerbroek (stretch natuurlijk, de beste uitvinding sinds het wiel) en ik probeer wel eens op hoge hakken te lopen, maar echt goed ben ik daar niet in. Ik ben helemaal gek op tijdschriften. Van de *Linda* tot de *Margriet*, van de *Flair* tot de *Yes*, van de *Elsevier* tot de *HP/De Tijd*, de *Quote* en de *Living*: ik koop er elke week een hele hoop en spit ze allemaal door. Veel boeken heb ik niet omdat ik simpelweg de rust niet kan vinden om te lezen. Vroeger wel, maar tegenwoordig ben ik te gejaagd om te gaan zitten en een boek open te slaan – en dat vol te houden.

Mijn grootste hobby is pianospelen. Vroeger wilde ik pianolerares worden, maar uiteindelijk koos ik voor een ander soort onderwijs. Ik speel vaak en veel en van alles. Af en toe speel ik in een gelegenheidsbandje, maar ik heb geen vaste groep waarmee ik musiceer. Dat is het fijne van een piano: je bent niet afhankelijk van anderen. Het was een hele toer om de piano binnen te krijgen op mijn etage, maar ik was zielsgelukkig toen hij er eenmaal stond. Aanvankelijk keken de andere bewoners van dit huis een beetje sceptisch (ze waren vast bang dat ze elke dag eindeloos *Boer daar ligt een kip in 't water* moesten aanhoren) maar toen ze merkten dat ik echt kon spelen, waren ze enthousiast en lieten ze me lekker mijn gang gaan.

Ik woon, zoals gezegd, op een etage in Nijmegen, pal boven een bloemenwinkel in het centrum. 's Morgens pak ik de fiets, passeer de studenten met wie de stad overspoeld wordt, en binnen vijftien minuten ben ik op school.

Relatiestaat: single. Simpelweg niet de juiste tegengekomen en sinds ik werk lijkt het weleens of het er helemaal nooit meer van zal komen. Ik ga wel met enige regelmaat uit, gezellig op stap met mijn beste vriendinnen Veronique (ook single) en Tanja (pseudo-single omdat ze samenwoont met een zeeman), maar doordeweeks heb ik vaak geen zin meer om eropuit te gaan. Ik werk, ik ga naar de sportschool, ik musiceer: er blijft niet veel tijd meer over. Er belandt weleens een leuke man in mijn bed of ik in het zijne, maar iets vasts is daar nog niet uit voortgekomen.

In het pand aan de overkant van de straat, boven een bakkerij, heeft Stijn een etage. Soms lijkt het wel of hij vaker bij mij thuis zit dan in zijn eigen kamer. Het gebeurt regelmatig dat ik thuiskom van school en mijn broer aantref op de bank terwijl hij de afstandsbediening hanteert en een koud biertje drinkt dat hij zelf meegenomen heeft. Stijn doet de opleiding tandheelkunde aan de universiteit in Nijmegen. Hij is zó lui. Hij had al klaar moeten zijn, maar weet op de een of andere manier de boel zo te rekken, dat hij nog steeds niet afgestudeerd is. Het studentenleven bevalt hem prima. Net als ik is hij single en ook al zie ik hem nogal eens met een medestudente of een mooie meid aan zijn arm – het is nooit blijvend. Stijn heeft een hele rits vrienden en vriendinnen. Hij is populair en dat is niet voor niks. Hij ís leuk: gevat, humoristisch en aantrekkelijk. Door zijn houding van 'wat kan mij het schelen' jaagt hij soms mensen tegen zich in het harnas, maar het merendeel is er dol op.

Iedereen wil zijn zoals hij, niemand durft het. Soms houd ik mijn hart vast. Met zijn rappe tong en zijn scherpe opmerkingen móeét het wel een keer fout gaan.

We zijn dan wel heel verschillend, toch zijn we een tweeling en dat is ook te merken. Allebei hebben we een goed ontwikkeld gevoel voor muziek (Stijn speelt basgitaar en drumt in een studentenband met de suggestieve naam *Lucrative*) en we houden van dezelfde dingen: Italiaans eten, science fiction, Andy Warhol-kunst en zwemmen, om er maar een paar te noemen.

Mijn ouders, om het rijtje maar even af te maken, hadden plannen voor een heel groot gezin (volgens ma althans) maar na het krijgen van een tweeling zagen ze daar acuut vanaf. Na de nodige zorgen omdat we tien weken te vroeg waren, werden ze haast gek van de drukte die mijn broer en ik in hun leven brachten. Ik heb weleens gehoord dat je beter van één naar drie kinderen kunt gaan, dan van geen naar één: en mijn ouders kregen meteen de vuurdoop met twee! Hun wereld moet uit eindeloos veel luiers en babyvoeding hebben bestaan, vermengd met chronisch slaapgebrek. Genoeg om iedereen stapelgek te maken. De hond moest eruit, het beest kreeg geen enkele aandacht meer, en ma deed niets anders meer dan redderen voor het gezin. Stijn was ook een nogal actieve baby, zo'n ondernemend jochie dat regelmatig uit de gordijnen geplukt moest worden, dus ma had echt haar handen vol aan ons.

Pa was een paniekhaas die bij elk hoestje of kuchje meteen het ergste dacht, zodat we veel vaker bij de dokter zaten dan andere kinderen van onze leeftijd. Stijn en ik hebben dan ook een unanieme afkeer van dokters. Beetje vreemd dat Stijn dan toch de tandheelkunde koos? Ik heb zo'n vermoeden dat dat kwam doordat onze tandarts (een vrouw) een stuk van jewelste was, waar het seksappeal vanaf spatte. Stijn was er nogal gevoelig voor. Bovendien was ze heel zacht en deed het nooit pijn. Volgens Stijn dan toch, maar ja, die heeft dan ook een perfect gebit. Beetje vreemde reden om een studie te kiezen? Tja, maar die onlogische manier van denken past precies bij mijn broer. Bovendien kan hij in monden zitten spitten en mensen ongezouten vertellen wat er allemaal mis is met de wereld in het algemeen en hun gebit in het bijzonder zonder antwoord te hoeven verwachten omdat ze toch met hun kaken opengesperd in de stoel liggen. Dat hij er later een goedgevulde bankrekening mee kan krijgen, zal ook wel meegespeeld hebben bij het maken van zijn keuze.

Ma kreeg problemen met haar hart en pa, astmapatiënt sinds zijn geboorte, ontwikkelde longemfyseem toen Stijn en ik in de puberteit zaten. Pa werkt in een bowlinghal en is gedeeltelijk afgekeurd, waardoor hij alleen nog in deeltijd kan werken. Ma is niet meer gaan werken nadat Stijn en ik geboren waren. Niet meer voor een baas, welteverstaan. Thuis deed ze alles en ze werkte harder dan mijn pa die 's morgens naar de parketbanen reed en daarmee zorgde voor brood op de plank. Tegenwoordig heeft ze een alfahulp die meehelpt met het zware werk. Als een blaasbalg staat ma er soms bij, haar hoofd vuurrood, het zweet langs haar slapen. Ze werkt nog steeds hard, te hard. Het zit er zo diep in, dat schoonmaken en die huishoudelijke taken, dat ze het niet afgeleerd kan krijgen. Toen de alfahulp voor het eerst kwam, was ma van tevoren nog gauw met de stofzuiger door het huis gegaan. En had ze de badkamer toch nog maar even snel gedaan...

Vandaar dat Stijn en ik die bewuste dag in juni meereden naar het bejaardentehuis. Pa heeft al moeite genoeg om adem te krijgen in zo'n vochtige, schimmelige omgeving en ma's hart draait overuren als ze fysieke inspanning moet leveren. Voor hen is het *survival in Enschede*, voor Stijn en mij is het alleen maar een kwestie van opruimen.

*

'Ik dacht dat we iets tegen zouden komen van papieren over dat huis in Frankrijk,' merkte Stijn op toen we op de A50 zaten en naar huis reden door de donkere, warme avond. Pa en ma zaten achterin en waren te afgepeigerd om iets te zeggen. Moe en vuil hadden we een halfuur geleden oom Leo's woning afgesloten. Morgen nog terug voor het laatste, dan alle spullen naar de stort brengen en er waren ook nog wat administratieve zaken die afgehandeld moesten worden, maar dat zouden Stijn en ik alleen doen.

'Ma, waar was dat huis ook alweer?' drong hij aan. 'In Cap d'Agde, toch?'

'Nee, zo heette het niet,' kwam ma's stem van achter me. 'Eh... wat was het ook weer... het is ook al zo lang geleden dat we er geweest zijn... Joop, kom, hoe heette dat plaatsje nou ook alweer? Ail... Aigies... Agay! Dat was het. Agay. Niet zo ver bij Fréjus vandaan.'

Stijn trommelde met zijn vingers op het dashboard. 'Mooi. Agay. Dat ga ik eens even googelen als we thuis zijn.'

'Je weet niet eens of oom Leo dat huis nog had,' zei ik. 'Dan hadden we toch wel iets gevonden tussen zijn spullen?'

Niet van zijn stuk gebracht zei Stijn: 'Misschien ligt het wel onder het matras in zijn slaapkamer. Die hebben we nog niet helemaal leeggehaald. Of misschien ligt er wel wat in een kluis in een bank of zo.'

'We hebben niets gevonden,' zei pa. 'Houd er nou maar over op.'

'Hmm. Een huis aan de Franse kust. Of de Provence, hoe heet het daar ook weer? Leuk om zo op zijn tijd een lekker feestje te bouwen.'

'Stijn, vergeet het nou maar,' zei ma en het was alsof ik mezelf hoorde.

'Vergeten? Dacht het niet. Ik zie mezelf al aan dat mooie witte zandstrand liggen, een drankje met een parapluutje erin naast me op de tafel, en een paar van die mooie Françaises aan mijn arm.' Stijn zuchtte vergenoegd. 'En dan: feesten, de hele nacht door, tot het licht wordt.' Hij draaide zich iets naar me toe en vroeg: 'Weet jij dat nog? Er was toch een zwembad?'

'Een opblaasbadje, dat was er,' zei ik. Dat herinnerde ik me nog wel. 'Oom Leo moest de randen opblazen, want de pomp was stuk en pa had er natuurlijk niet genoeg lucht voor.'

'Het was geen opblaasbad,' zei Stijn meteen op verontwaardigde toon. 'Ik kon er meters in zwemmen en ook onder water.'

Daar moest ik om lachen. 'Ja, vind je het gek? Je was één meter lang en het badje wel twee. Natuurlijk kon je daarin zwemmen.'

Stijn liet zich niet uit het veld slaan. Hij fantaseerde er lustig op los en zag zich al tot de jetset van Frankrijk behoren. 'Hallo, aarde aan Stijn. Daar heb je geld voor nodig,' hielp ik hem herinneren.

'Nee,' zei hij hoofdschuddend, 'daar heb je flair voor nodig en een hoop bravoure. Doen alsof werkt net zo goed. Weet je hoeveel gebakken lucht daar rondloopt?'

'Doen alsof betaalt de rekeningen niet,' zei ik weer. 'En die zijn niet van gebakken lucht.'

'Esther heeft gelijk,' kwam de hoge stem van ma. 'Je moet dat toch ergens van betalen? Je beurs is echt niet zo royaal dat je...'

'Ma, niet mekkeren,' onderbrak Stijn haar.

Ik hoorde ma naar adem snakken door de bruutheid van zijn woorden en ik gaf hem een mep op zijn been. 'Stijn!' siste ik boos.

'Jullie doen allemaal zo overdreven. Oom Leo barstte van het geld. Dat heb je toch altijd gezegd, ma?'

'Ja, maar...' begon ma.

Stijn gooide zijn hoofd in zijn nek en tikte ongedurig met zijn vingertoppen tegen het dak van de auto. 'Nou, daar was niks van te merken in dat kot. Wat een ouwe rotzooi. Allemaal vieze troep, niks waard. Dus: zijn geld zit ergens anders in. Wat maken we daaruit op?'

Pa probeerde het nog één keer. 'Dat hij geen geld meer heeft. En laat het nou rusten, Stijn.'

'Uh-uh.' Stijn schudde zijn hoofd. 'Es, wat zeg jij ervan?'

Fijn, dat had ik net nodig. Ik moest me bemoeien met iets waar ik me niet voor interesseerde. Gezien de staat van de bejaardenflat vroeg ik me af – als er al een huis in Frankrijk op zijn naam stond – of het er niet net zo smerig was als waar ik vandaag was geweest. Ik dacht niet dat ik oom Leo nog kon scheiden van het woord 'vies', in letterlijke én overdrachtelijke zin. Dat zorgde er ook voor dat ik geen enkele zin had om een huis in Frankrijk in te wijden met een feestje. Zelfs niet als Stijn dat regelde.

Mijn broer wachtte niet tot ik iets zei, maar vatte de stilte op als *je hebt gelijk* of zoiets. 'Als we dat huis erven, ga ik het er een jaar lang verschrikkelijk van nemen. Reken maar van *yes*. Lekker weg uit de regen en naar de zon in het zuiden.' Hij zag het helemaal zitten. Dat pa er mompelend tegen inbracht dat oom Leo het huis waarschijnlijk al jaren geleden verkocht had, bracht hem geen seconde van zijn stuk. Hij praatte wat zachter en somde alle grootse dingen op die hij zou doen: *wet-T-shirt-contests*, miss-bikiniverkiezingen, talentenjachten (drie keer raden wat voor 'talent' hij zocht), zomerfeesten, winterfeesten, vollemaanszwemwedstrijden, herfstfeesten, lentefeesten, appelplukfeesten, oogstfeesten (Stijn had vreselijke hooikoorts dus ik vroeg me af wat hij wilde oogsten) en zo ging hij maar verder. Het was vermakelijk en ik was best moe, dus ik liet hem doorzwetsen en lachte mee.

Na een tijdje merkte ik dat het achterin stil was geworden, dat er geen opmerkingen van mijn pa tussendoor kwamen en dat ook ma het zwijgen ertoe deed. In mijn spiegel zag ik dat ze allebei in slaap waren gesukkeld. Stijn merkte het ook, en zijn toon en het niveau van zijn volume sloegen honderdtachtig graden om toen hij vroeg: 'Wat denk je, Es? Zou er werkelijk nog iets over zijn?'

'Van dat huis? Ik weet het niet, het lijkt me sterk. Zouden pa en ma het niet geweten hebben?' Ik besefte toen pas dat hij zo door had zitten kleppen omdat hij iets anders wilde verdoezelen. Vervelende vragen over zijn studie voorkomen bijvoorbeeld?

'Ma is zo naïef en pa heeft een veel te harde kop om het te begrijpen. Hij wordt al rood als hij zelfs maar dénkt dat iets van oom Leo is geweest.'

'Het valt me nog honderd procent mee dat hij mee kwam naar Enschede,' knikte ik.

'Hij moest wel. Ma zou anders op de trein zijn gestapt. Ze zal echt niet iemand anders dat werk laten opknappen,' zei Stijn.

Ik knipperde tegen het felle licht van een auto waarvan de koplampen erg hoog afgesteld stonden en stuurde naar de afrit. Het schoot goed op. Nog een kwartier, dan waren we in Nijmegen. Even pa en ma afzetten en dan door naar huis. Tegen middernacht zou ik op mijn balkonnetje zitten, opgefrist van de douche waar ik al sinds vanmiddag naar smachtte, met een lekker glaasje rosé in mijn hand.

Stijn was soms erg bot, maar hij had wel gelijk. Ma was naïef, haar wereld bestond eerst uit potjes Olvarit, dozen Pampers en Nijntje-boekjes en de latere equivalenten daarvan. Zelfs toen Stijn en ik het huis uit gingen, leek het of ze alleen maar gelukkig was als ze voor ons kon koken, de was kon doen en met huishoudelijke adviezen kon aankomen. In de bowlinghal werkte pa op kantoor bij de inkoop, terwijl hij vroeger pin-, bar- en baanbediende was geweest. Hij was niet geschoold en wat hij wist, had hij geleerd op de werkvloer. Zijn horizon was afgebakend door bowling en voetbal en met de caravan op vakantie naar Drenthe gaan.

'Stijn, vergeet dat hele huis nou gewoon. Volgens mij heeft hij dat jaren geleden al verkocht en hij heeft het geld dat hij daarmee verdiende verbrast. Oom Leo was in de negentig! Hij heeft in meer dan vijfentwintig jaar al het geld kunnen opmaken.'

'Fout. Een jaar of vijftien, hooguit. We hebben er tot we tien jaar waren vakantie gevierd,' zei Stijn hoofdschuddend.

'Nou, en wat dan nog! Vijftien jaar is tijd genoeg om een smak geld op te maken. Ik begin een beetje moe te worden van die hele discussie. Trouwens, wie zegt dat jij iets krijgt als, en ik zeg áls, dat huis er nog is? Denk je niet dat pa en ma de eerste erfgenamen zijn? Wij zijn achterneef- en nicht. Die man heeft ons niks nagelaten.'

Stijn wierp over zijn schouder een blik op onze slapende ouders. Zijn stem werd nog zachter. 'Ik zit helemaal niet op het huis van oom Leo te wachten om er te gaan wonen. O, natuurlijk organiseer ik in het begin een paar vette feesten. Maar denk je echt dat ik iedere maand dat pokke-eind wil rijden om daar stokbrood te eten? Ik heb een plan, Es. Ik wil een eigen praktijk beginnen, en het liefst meteen als ik klaar ben. Via via heb ik gehoord dat er over een poos een maatschap wordt opgezet in Arnhem, dan verlaat een aantal tandartsen hier in Nijmegen hun eigen zaak om mee te gaan. Ik wil zo'n praktijk in Nijmegen overnemen. Zoals jij het al zo mooi zei: rekeningen kun je niet betalen met gebakken lucht. Pa en ma willen toch niet gaan wonen in dat huis daar, zie je het al gebeuren? Niet dus, ze willen hun boerenkool met worst en Douwe Egbertskoffie als ze Lingo kijken.'

Dat was waar. Pa en ma kregen het al benauwd bij het idee om in het buitenland te gaan wonen. Zelfs met een sleurhut achter de Volvo zagen ze al onoverkomelijke problemen die er helemaal niet waren. Verder dan Drenthe zouden ze nooit rijden – want er mó.cht eens wat gebeuren – ook al probeerden we ze weleens een andere provincie aan te raden. Nee, instant paniek. Vooral niet buiten de gebaande paden treden. Geen Zeeland, geen Friesland en al helemaal geen Frankrijk.

'Dat is wel zo,' knikte ik. 'Maar dat wil nog niet zeggen dat dat huis er ook werkelijk nog is. Ik bedoel, het zal er nog wel staan, maar grote kans dat oom Leo het al jaren geleden van de hand heeft gedaan. We hebben er toch geen enkel bewijs meer van gevonden?' Ik sloeg af en reed de stille wijk in waar pa en ma woonden. In het centrum was het rond deze tijd van de dag (nacht eigenlijk) nog heel levendig, maar hier heerste nu totale rust. Ik stopte voor de deur van hun tussenwoning, waar de verlichting naast de voordeur automatisch aansprong toen ik uitstapte en de deur opendeed.

Stijn schudde mijn ouders voorzichtig wakker en hielp ma met uitstappen. Mijn broer had vele gezichten: het ene moment was hij zo lomp als dokter Gregory House, het volgende was hij de zorgzaamheid zelve. Ma liep moe en een beetje slaapdronken aan zijn arm mee naar binnen en pa sjokte erachteraan. Ik bracht hun spullen uit de auto naar binnen.

'Willen jullie nog een slaapmutsje?' vroeg pa en geeuwde uitgebreid, mij een blik gunnend op drie gouden kronen.

Ik schudde mijn hoofd. 'Nee, ik ga naar huis. Ga maar lekker naar bed. Morgen is het voor ons ook weer op tijd eruit. Ga je mee, Stijn?' Hij knikte, we zeiden mijn ouders welterusten en liepen weer naar de auto. Ma bleef achter het verlichte raam staan kijken totdat we ingestapt waren, ik de motor had gestart en we de hoek omsloegen.

'Ik ga dadelijk nog stappen,' zei Stijn toen we de wijk weer uitreden. 'Even douchen en dan duik ik de nacht in.'

'Je duikt maar. Waar je nog zin in hebt. Ik ben kapot! Morgen sta ik om negen uur voor je deur, en denk erom dat je aangekleed en aanspreekbaar bent,' zei ik waarschuwend.

'Es! 't Is zaterdagavond! Tijd om te stappen en te feesten! Je moet een beetje ontspannen! Ga toch mee!'

'Typische praat van iemand die geen baan heeft. Ik moet maandag weer gewoon aan de gang, die kindjes hebben er echt geen boodschap aan als ik hoofdpijn heb omdat ik de nacht in de kroeg heb doorgebracht in plaats van in mijn bed.' Ik dacht aan mijn klas. Leuke kinderen, stuk voor stuk. Af en toe, bijvoorbeeld als ik geplaagd werd door menstruatiepijn en mijn aandacht er moeilijk bij kon houden, kon ik ze wel achter het behang plakken. Dan trokken ze zich niets aan van hun juf die eruitzag alsof ze drie nachten niet geslapen had, ook al was dat buiten haar schuld. Voor de kinderen was ik 'juf' en juf stond gelijk aan de hoogste macht en hoogste machten hadden geen last van onbenullige aardse zaken als buikpijn, futloos haar en een vrijwel seksloos leven. 'Dus, jongetje, zorg dat je morgen fit bent. Fijne avond nog, feest er maar op los.'

'Welterusten, zusje. Wedden dat je straks baalt dat je niet mee bent gegaan? Als je dadelijk hebt gedoucht en je zit op je balkonnetje en je ziet al die nachtbrakers voorbijkomen...'

'Dan slaak ik een zucht van verlichting dat ik daar niet aan mee hoef te doen,' beloofde ik hem. 'Ik pak nog wat te drinken en dan ga ik naar bed.'

'Flauwerik,' zei Stijn met een grijns. 'De nacht is nog jong!'

'Ja, daag. En gedraag je. Niks doen wat ik ook niet zou doen. Tot morgen.'

'Tot morgen, Es. Let op mijn woorden: dan vinden we aanwijzingen die ons zullen leiden naar het geheim van het huis in Agay.'

'Jaja. *Dream on, Sherlock.*'

'Echt waar. Geloof me nou maar.' Stijn wierp me nog een opgewekte jongensachtige grijns toe en liep fluitend naar de overkant. Ik herkende het deuntje, ook al was het er eentje uit de oude doos: *Our House* van Madness.

Maar Stijn kreeg geen gelijk. Zondag mestten we de rest van de flat uit. Verhuizen van de ene locatie naar de andere is één ding, een flat leeghalen zonder dat het spul ergens anders heen kan, is een heel ander verhaal. Stijn had gisteren een kleine vrachtwagen gehuurd die we vollaadden met het afgedankte huisraad, en we gooiden heel wat vuilniszakken in de containers die achter de bejaardenflat stonden. Morgen zou Stijn naar de stort rijden met de troep uit de vrachtwagen en dan konden we het afronden. Toen tegen het eind van de middag de flat helemaal leeg was, hadden we niets aangetroffen dat zelfs maar leek op een eigendomsverklaring. Niet uit het heden, niet uit het verleden.

Stijn was prikkelbaar. 'Ik snap er niks van. Offer ik daar mijn weekend voor op? Die ouwe had helemaal niks meer.' Hij keek vol weerzin rond in de lege ruimte. Op plaatsen waar de kast en het dressoir hadden gestaan waren lichte vlekken op het behang zichtbaar en kwam zelfs het originele dessin nog tevoorschijn.

Ik zuchtte van irritatie. 'Wat ben je weer heerlijk onzelfzuchtig. Soms moet je weleens iets doen zonder er iets voor terug te krijgen,' snauwde ik.

'Och, houd toch je kop,' bromde Stijn terug. We waren allebei moe en kortaf. Hoe meer we weghaalden, hoe vuiler het allemaal werd. Dikke lagen aangekoekt vuil aan de achterkant van de meubels die al jaren niet meer van hun plaats waren geweest, vochtvlekken in de hoeken van de muren en vaalbruine kalkstrepen in het sanitair: het werkte niet echt bevorderlijk op mijn humeur en ook Stijn had er last van. Hij schopte gefrustreerd tegen de dunne wand tussen de keuken en de woonkamer, en kalk en gips dwarrelden op bij zijn schoenen. Ongedurig gaf hij een ruk aan het smerige behang en gooide de opkrullende sliert papier in de doos voor het oudpapier die nog op het aanrecht stond. Een stukje maagdelijk witte muur werd zichtbaar.

'Laten we gaan. Het is dat de stort op zondag gesloten is, anders bracht ik het nu meteen weg. Ik wil niks meer met die ouwe...'

'Stijn...' Ik keek hem peinzend aan en liet mijn blik door de ruimte gaan. 'We zijn nog niet klaar. We kunnen dit onmogelijk zo afleveren. Het behang moet van de muren en er moet hier een keer gesopt worden.'

'Voel je je wel lekker?!' knalde Stijn. 'De boel leeghalen: oké. Poetsen: *no way*. Voor de duidelijkheid: onder poetsen versta ik ook behang van de muur afhalen! Je bent niet wijs. We zijn hier klaar.'

'Nee, dat zijn we niet! Aan het eind van de week moeten we de sleutel inleveren. Ik schaam me dood als ze zien hoe het eruitziet. Ik zou zelf ook niet ergens willen intrekken waar het er zo uitzag. Ik wed dat het hier netjes was toen oom Leo erin kwam, en je moet het in de originele staat terugbrengen.'

Stijn rukte aan een hoekje van het behang. 'Hij, niet wij! Hij had het bij moeten houden en nu moeten wij de puinhoop ruimen. Vijfentwintig jaar viezigheid! Zal ik je eens wat vertellen: ik doe het niet. Ik begin er niet aan.'

Ik dacht terug aan mijn etage. Daar was het zo vies geweest dat ik eerst wilde weigeren: een compleet uitgewoonde etage met vocht- en schimmelplekken op elke mogelijke plaats. Uiteindelijk was het meer dan de moeite waard, maar mijn walging stond me nog heel helder voor de geest. 'Prima, dan doe ik het wel alleen! Het maakt me ook geen klap meer uit,' zei ik kattig en gaf meteen weer een ruk aan het volgende sliertje behang. Het was alsof ik perkament van de muur trok. Het was volkomen uitgedroogd en had nauwelijks meer grip op de muur. Ik trok nog meer los en door het een beetje voorzichtig te doen kwam een baanbreed in één keer van de muur. Het maakte droge kraakgeluiden toen ik de baan ruwweg opvouwde en in de oudpapierdoos legde.

Stijns ongeduld had onderhand het hoogtepunt bereikt. 'Ik ga, Es. Je doet maar wat je niet laten kan, ik kom hier niet meer binnen.'

'Mij best. Ik ben met mijn auto, jij met de vrachtwagen – je kunt gaan, je hoeft hier niet te blijven.' Ik keek hem niet aan. In plaats daarvan maakte ik een snelle berekening. Het ging best vlug – als alles zo snel ging, kon ik in een uur of twee heel wat doen. Misschien, als ik doorwerkte, kon ik het vandaag nog af krijgen. Anders moest ik morgen na school hier nog heen of iets regelen zodat een vervanger mijn klas voor een dagje kon overnemen. Daar zou de directeur op zo'n korte termijn ook niet blij mee zijn. 'Ik maak het vandaag af,' zei ik wat luider, omdat Stijn al in het halletje stond. 'Sommige mensen moeten werken, weet je nog?'

Hij gaf geen antwoord, maar klapte de deur achter zich dicht. Ik zuchtte diep. Soms was hij echt onmogelijk. Ik pakte mijn iPod uit mijn tas, zocht een leuk muziekje op en duwde de oortjes in mijn oren. Terwijl ik naar Keane luisterde, viel ik aan op het behang. Er hoefde geen stoomapparaat aan te pas te komen, het ging echt heel makkelijk. Ook zonder Stijns hulp zou ik zo klaar zijn, had ik zo het vermoeden. Eikel. Dat hij zomaar weggegaan was, klopte precies met de grilligheid van zijn karakter. Onberekenbaar. Net een klein kind.

Stijn uitmakend voor alles wat onaards en lelijk was, frunnikte ik aan het papier. Binnen een paar minuten had ik de hele wand tussen de keuken en de huiskamer al ontdaan van de vergeelde behangbanen. Even kijken of het binnen ook zo snel ging? Ik stak, bij gebrek aan een plamuurmes, de punt van een aardappelschilmesje achter een baan in de woonkamer toen ik opeens een hand op mijn schouder voelde.

'AAAH!' gilde ik en sprong een meter de lucht in. Het mesje flitste door de lucht en miste mijn aanvaller op een haartje na.

'Idioot!' schreeuwde Stijn, want die was het. Ik had hem helemaal niet binnen horen komen vanwege mijn iPod.

'Idioot!' schreeuwde ik terug. (Je bent een tweeling of niet.) 'Ik schrik me lens, man! Wat doe jij hier? Ben je wat vergeten? Is je ego op het aanrecht blijven liggen?' Toen zag ik zijn gezicht wat beter en ik kneep mijn ogen een beetje samen. 'Wat? Kreeg je spijt? Wroeging?'

Nukkig haalde Stijn zijn schouders op. O, dat kan hij toch zo goed, kijken als een jongetje van vijf dat straf krijgt. 'Ik zat al bijna op de snelweg,' zei hij een beetje nors. 'Maar ik kom toch helpen.' Hij voegde de daad bij het woord en trok aan het behang, op het punt waar ik ook al bezig was geweest. 'Houd je dat mes een beetje bij je? Je zat er bijna mee in mijn wang.'

'Eigen schuld. Dan moet je me maar niet zo besluipen.'

'Ik heb geroepen, maar je hoorde me niet,' verdedigde hij zich en liep, met twee punten van de behangbaan tussen zijn vingers, langzaam naar achteren. Het schurende geluid klonk hard en hol in de lege kamer. Ik borg mijn iPod maar weer op. Stiekem was ik blij dat mijn broer toch teruggekomen was. Het moest, het was nodig, maar om nou te zeggen dat ik het fijn vond om in mijn eentje in deze tombe te staan...

Met zijn tweeën schoot het goed op, Stijn deed het piepkleine slaapkamertje en ik ging verder in de woonkamer. Toen ik de muur bereikte waar de kasten hadden gestaan, besloot ik vast om de keuken en de wc even te soppen. Het was nog niet donker, maar omdat we de lampen overal al afgehaald hadden, zou dat niet meer zo heel lang duren. Ik kon het maar beter nu doen, nu ik het nog kon zien. Stijn redde zich wel met dat laatste stukje.

Ik liet water in de gootsteen lopen toen Stijn opeens een schreeuw gaf.

'Es! Kom eens gauw!'

In één stap stond ik in de kamer. Wat was er aan de hand? Had hij zich met het mesje in zijn vinger gejast? Stijn stond bij de laatste te strippen wand en sneed met het mesje voorzichtig in de lichte, veel minder verkleurde behangbaan waar de kast voor had gestaan. In zijn andere hand hield hij een envelop. 'Kijk eens! Een brief van... La Société Agay. Die ouwe sok heeft de boel achter het behang verstopt!'

Ik veegde mijn natte handen af aan mijn broek en nam voorzichtig de envelop van Stijn aan, terwijl hij het behang verder opensneed en er een paar brieven achter vandaan haalde. En dat niet alleen. Toen hij er zeker van was dat er geen correspondentie meer verborgen zat, trok hij de baan in zijn geheel los en er dwarrelde geld omlaag. Biljetten die ik al jaren niet meer gezien had: een paar briefjes van vijfentwintig, een honderdje met een vogel erop, twee zonnebloemen en een groen biljet met de kop van Spinoza. Ik raapte het op.

'Guldens,' zei ik verrast. 'Dit was zeker oom Leo's geheime bergplaats met een appeltje voor de dorst.'

'Nou, daar heeft hij niet veel aan gehad,' zei Stijn. 'Hoeveel is dit? Duizend gulden. Dat is toch best veel geld? Dat had hij moeten inleveren bij de bank, dan had hij er euro's voor in de plaats gekregen.'

Ik draaide het knisperend droge duizendguldenbiljet om en om in mijn handen. 'Ik geloof dat je nog steeds briefgeld kunt inleveren,' zei ik. 'Hoewel ik geen flauw idee heb waar dat dan zou moeten. Maar we nemen het in ieder geval mee. Wat staat er in die papieren?'

Stijn schudde zijn hoofd. 'Het is allemaal Frans, in van dat vakjargon. Geen idee wat het allemaal betekent. En hier, dit komt uit Schotland, maar wat dat nou weer met dat huis te maken heeft?'

Ik borg de biljetten zorgvuldig op in mijn tas en nam de brieven van Stijn aan. Ook in de tas. Dat zouden we thuis wel verder bekijken. 'Laten we het afmaken,' stelde ik voor. 'Dan kunnen we gaan.'

Stijn knikte. Zijn ogen glinsterden van opwinding. Ik kon het aan hem zien: hij zag het huis alweer in beeld komen zoals de dageraad aan de horizon gloort. Ik had een snelle blik op de brieven geworpen en had daardoor zo mijn twijfels. Ze waren uit het begin van de jaren negentig en ik had de woorden *arrêter* en *vendre* al zien staan. Stoppen en verkopen, dat begreep ik wel. Stijn zette al zijn geld in op een luchtkasteel. Ik zag hem glunderen, maar zeker door die paar woorden wist ik het al: het zou op een teleurstelling uitlopen.

*

Vermoeid ging ik de dag daarna aan het werk. Mijn hele lichaam deed pijn: mijn schouders protesteerden van het gesjouw en mijn handen waren rood en ruw geworden. Achter mijn ogen bonkte een doffe hoofdpijn. Ja, zelfs de juf is weleens niet op haar opperbest. Ik zette de kinderen aan het werk en probeerde met een paracetamolletje en een rustig programma de dag door te komen.

In de lunchpauze – gelukkig had ik geen pleindienst – ging ik een eindje wandelen. Misschien kon ik daarmee wel de stramheid uit mijn spieren krijgen. Het zonnetje scheen in ieder geval heerlijk. Het was dan wel juni, maar te heet was het zeker nog niet, en de lucht was nog zo lekker als in het voorjaar: fris en blauw. Veronique belde me op mijn mobieltje. Terwijl ik haastig mijn mond probeerde leeg te eten nam ik op: ''oi. Ben neb aanb eben.'

'Wat? Daar verstond ik niks van. Ben je net aan het eten?' Ze is toch ook een helderziende, die vriendin van mij. 'Hoe is het allemaal gegaan? Ik kwam Stijn zaterdag nog tegen, maar die zei dat jij geen puf meer had om op stap te gaan.'

Ik slikte de kleffe boterhamhap weg. 'Klopt, ik was er eventjes helemaal klaar mee. Hoe was het gisteren op de beurs?' Veronique werkte voor een evenementenorganisatie en moest regelmatig als hostess op beurzen staan, wat er in de praktijk op neerkwam dat ze nogal eens in het weekend moest werken.

'Héél, héél, héél maar dan ook héél erg... leuk,' zei ze met een vreemd giebellachje. Oh-oh. Ik wist precies wat dat betekende.

'Hoe heet hij?' zei ik dan ook, want daar had ze uiteraard op aangestuurd.

'Ravin. Mooie naam, hè? Hij was erg geïnteresseerd in het product, we hebben een hele tijd staan praten.'

'Product? Waar stond je voor? Handcrème? Automatische paginaopmaak?'

'Vibratorgel,' kaatste ze onverstoorbaar terug. 'En ja, daar was hij zeer in geïnteresseerd. Later die middag kwam hij terug om nog het een en ander te vragen.'

Ik lachte zachtjes. 'Jaja. Hij vroeg of je nog een leuk restaurant wist in de buurt en de volgende vraag was of je die avond wat te doen had.'

Veronique lachte ook, heerlijk ongegeneerd. 'Ja en ja en nee, ik had niks te doen, dus we eindigden in zijn bed. Die kon er wat van! Langgeleden dat ik zo lekker seks heb gehad.'

'Dank je,' zei ik droogjes. 'Op die informatie zat ik te wachten.'

'Die kameraad van Stijn, Michel, is dat niks voor jou?' Ook al zoiets voor Veronique: ze denkt altijd en eeuwig dat ik aan iemand gekoppeld moet worden.

'Michel is al bezet. Hij woont al drie jaar samen, je loopt achter. Trouwens, als hij vrij was, hoefde ik hem nog niet. Niet mijn type.'

'Dat zeg je nu,' zei Veronique met het air van iemand die alles al heeft gehoord en gezien, 'maar ik weet zeker dat je nog wel een keertje om zou kijken als je hoorde dat hij weer alleen was.'

'Duh! Hij ziet er toch ook goed uit? Is hij alleen dan?' Ik hoopte dat dat laatste niet al te wanhopig of gretig klonk, ook al was het eruit voor ik mezelf tegen kon houden. Veronique begon schaterend te lachen. 'Haha, betrapt! Ik wist het wel! Jij ziet hem ook wel zitten!'

'Veer, Michel is al *bezet*,' toeterde ik in het telefoontje. Veronique had de grootste lol om haar eigen flauwekul. 'Zeg, nu ik je toch aan de lijn heb... werkt er bij jullie iemand die goed Frans spreekt? Of liever gezegd: lezen kan? We hebben gisteren een paar Franse brieven meegenomen uit het huis van die oudoom dat we moesten leegruimen.'

'Je spreekt zelf toch goed Frans?' vroeg Veronique, waarmee ze ongetwijfeld doelde op mijn stuntelige pogingen om tijdens de vakanties mijn zegje te doen in het Frans. Dat ging niet echt goed, maar ook niet echt slecht, en de meeste Fransen waren er dol op.

'Ik spreek een beetje Frans, maar in elk geval niet goed genoeg om officiële documenten te vertalen. Het zijn er maar een paar, maar misschien zit er wat belangrijks tussen. Misschien ook niet, hoor, ik weet niet eens precies waar het over gaat. Daarom zou het fijn zijn als iemand die zulk officieel Frans goed begrijpt het voor mij kan vertalen.'

Ik wist zeker dat Veronique knikte aan de andere kant van de lijn. 'André Jolie, die zit op internationale betrekkingen. Hij heeft een Franse vader en een Nederlandse moeder. Als er iemand is die je daarmee kan helpen, is hij het wel. Als ik hem vanmiddag zie, zal ik het aan hem vragen. Goed?'

'Je bent mijn reddende engel,' zei ik tevreden. 'Ik zal die paar dingen vast even scannen en naar je doorsturen.' Daarna vertelde ik hoe mijn weekend was verlopen, inclusief de goorste opruiming van het laatste decennium. De crematie van oom Leo had ik aan me voorbij laten gaan. Ik wilde er geen vrij voor nemen en ik kreeg het ook niet volgens de cao. Bovendien had ik er simpelweg geen zin in, en omdat ik de hele week opgezien had tegen het leegruimen van zijn huis, vond ik dat ik hem wel genoeg eer bewees met die klus. Stijn was het roerend met me eens. 'Kan niet, heb college,' zei hij botweg toen ma belde en vroeg of hij ging, en vervolgens pikte hij een hele schaal zelfgemaakte aardappelsalade uit mijn koelkast. Bij tijd en wijle lééft hij in mijn koelkast. Vooral als het einde van de maand in zicht is en hij de studiefinanciering er bijna doorheen gejaagd heeft.

Veronique belde een dag later. 'Check je mail, André heeft de teksten van die brieven voor je vertaald.' Ik speelde met de gedachte om Stijn te bellen en de grote onthulling samen met hem te lezen, maar ik bedacht me. Als er inderdaad een huis was, zou het wel een kick geven om het hem te vertellen, want hij rekende er echt op.

In mijn mailbox zaten twee mailtjes met bijlagen: die André had de brieven vertaald en netjes in Word uitgetypt. Ik opende de documenten, mijn ogen schoten over de regels, en ondanks dat ik me niet echt had voorgesteld dat dit nou De Grote Doorbraak zou zijn, was ik toch stiekem een beetje teleurgesteld. De eerste brief was een aankondiging voor de verkiezing van een nieuwe gemeenteraad in Agay; in de tweede werd melding gemaakt van het overlijden van een huisarts met een naam die ik niet eens kon uitspreken. De derde brief had iets te maken met kadastrale registratie en er stond inderdaad *verkopen*, maar oom Leo's naam stond er niet in, dus vroeg ik me af of hij verkeerd bezorgd was, en de vierde was een openlijke bekendmaking van een tuincentrum dat zijn diensten ging verplaatsen, aangezien er een weg dwars door die locatie heen aangelegd zou worden.

Tot zover *arrêter* en *vendre.*

Nergens in de vertalingen was ook maar iets terug te vinden wat op oom Leo kon slaan. Bovendien waren de dagtekeningen al ruim achttien jaar oud. Ik dacht na. Oom Leo had deze brieven waarschijnlijk nagestuurd gekregen. Misschien had hij geprobeerd om met die papieren een vochtplek weg te krijgen door ze tussen het behang en de vochtige muur te steken, of – en dat klonk best aannemelijk – hij had gewoon oude brieven gebruikt om dat geld tussen te bewaren. Of zoiets. Iemand die geld achter zijn behang bewaarde was sowieso al niet helemaal goed bij zijn verstand.

Ik schreef André een hartelijke bedankbrief. Het was dan wel niets bijzonders wat erin had gestaan, hij had zich toch voor me ingespannen en dat was wel een mailtje waard. Daarna stuurde ik een sms'je naar Stijn: HELAAS, GEEN HUIS. VERT. KLAAR. X E. Het deed er ook niet meer toe. Ik stuurde de bestanden door naar Stijn zodat hij met eigen ogen kon zien dat het niks was en verplaatste de Wordbestanden, net als al het andere van oom Leo, naar de prullenmand. Einde oefening.

Drie weken later was het vakantie.

2

Een beetje ontmoedigd keek ik naar de stapel kleren die ik op bed had klaargelegd. Inpakken voor vakantie: vreselijk. Het liefst zou ik iemand willen bellen die dan op stel en sprong kwam, tegen wie ik zou zeggen: 'Ik ga naar Frankijk, zeventien dagen, graag kleding voor alle gelegenheden'. Daarna zou zo'n dame (een heer in mijn spulletjes zag ik niet zo zitten) mijn kasten op een heel nette wijze uitmesten, stapeltjes kleren op bed leggen die op magische wijze fantastisch bij elkaar pasten, compleet met bijpassende schoenen die op dezelfde magische manier nauwelijks ruimte in mijn koffer zouden innemen, om daarna ook nog de juiste toiletspullen erbij te leggen, een massa tijdschriften, mijn badmintonracket, een stel flinke baddoeken om op het strand te gebruiken en zo nog wat ditjes en datjes die meegaan op vakantie. In de ideale wereld paste dat natuurlijk allemaal in één handzame, niet al te zware koffer. Goh... Misschien zou ik een zaakje moeten beginnen. Geen *personal shopper* maar een *personal packer.* Ik weet zeker dat ik zelf mijn grootste klant zou zijn!

Het probleem met vakanties is dat het zo moeilijk is om je voor te stellen wat voor kleren je op je bestemming nodig hebt. Drie weken geleden was het in Nederland nog warm en zonnig, maar de afgelopen twee weken had het bijna aan een stuk door geregend. Het gekke was dat ik me dan niet meer kon voorstellen dat het ergens anders niet regende en koud en kil en grauw was. Ieder jaar opnieuw gingen er veel te veel kleren mee in de koffer en eenmaal in een warm land, waar de avonden zoel waren, lag dat overschot aan onbruikbare kleren muf te worden in een hotel- of appartementkast. Naderhand werkte ik me tien slagen in de rondte om het allemaal weer schoon en fris en gevouwen en gestreken te krijgen.

Terwijl ik zo stond te peinzen dat ik er dit jaar niet weer in zou trappen en echt minder, véél minder mee zou nemen, ging mijn telefoon. Het was Tanja. 'O Es!' jubelde ze. 'Ik heb er zo'n zin in! Nog acht dagen, dan zie ik Han weer!'

'Eerst zit je nog een week met Veer en mij opgescheept,' waarschuwde ik haar.

Ze lachte. 'Nou, heerlijk. Lekker naar Cannes en Nice… Denk je dat we beroemdheden zien? Gaan we vip-spotten?'

'Vast wel. Weet je al hoe laat Han precies aan zal komen?'

'Nee, dat kon hij nog niet zeggen. Hij zou nog bellen. O, Es, ik klap bijna uit elkaar van… van…'

'Opwinding,' hielp ik haar. 'Hoelang hebben jullie elkaar niet gezien?'

'Vier maanden. Vier lange maanden!' Tanja, die normaal gesproken niet zo hyper was, klonk alsof ze door de kamer stuiterde. Er piepte iets in mijn oor. 'O, wacht even, Tanja. Ik heb een wisselgesprek, ogenblik.' Ik drukte snel op het hoorntje en daar was Veronique. 'Ha, Es. Ik wil een paar skates meenemen, maar mijn koffer zit al vol. Heb jij nog plaats?'

'Wat? Weet je hoeveel troep hier nog klaarligt om in te pakken? Ik héb nog niet eens een koffer gepakt. Alleen maar spullen uit de kast gehaald en het is nu al veel te veel om in één koffer te proppen. Blijf even hangen, want ik heb Tanja onder de knop zitten.'

'Wacht, wacht!' gilde Veronique. 'Vraag haar of ze nog plaats heeft?'

Ik schakelde weer over naar Tanja.

'Tan? Veer vraagt of je haar skates mee kunt nemen,' zei ik braaf.

'Ja, daaag. Ze huurt er maar een stel in Cannes. We gaan daar vip-spotten, niet asfalthappen. Zeg dat maar tegen haar. Ik stel geen kofferruimte ter beschikking voor dames met een doodswens.'

'Ik zal het meteen even doorgeven. Blijf hangen…' Klik, terug naar Veronique. 'Veer? Ik moet van Tanja zeggen dat je een idioot bent en dat we wel sterren maar geen sterretjes willen zien.' Ik moest lachen om mijn eigen inventiviteit. Dat had ik even grappig gezegd.

'O, haha. Tanja kan zo leuk zijn,' zei Veronique. 'Herhaal de planning nog eens?'

'Pa is er om halftwee. Tanja komt daarheen, dat is voor haar het makkelijkst. Daarna pikken we jou op, dan naar het station en dan hebben we de trein van acht over. Ik hang op, hoor, want ik moet nog veel doen. Anders haal ik het echt niet.' Ik verbrak de verbinding met Veronique, herhaalde nog een keer voor Tanja wat het tijdschema was en na Tanja's laatste woorden: 'Het is er dertig graden! Laat de dikke kleren thuis!' hing ik op.

Ik gooide mijn mobieltje op bed, te midden van mijn spullen, en begon toen te sorteren. Het maakte me kregel. Al dagen slingerden er overal spullen die ik wel of misschien toch maar niet mee zou nemen op vakantie. Wie verzonnen heeft dat het uitzoeken van een vakantiebestemming, neuzen in de brochures en koffers pakken al bijdraagt aan vakantievreugde, moet naar een strafkamp gestuurd worden. Dat eindeloze geblader in gidsen die allemaal het beste en het mooiste beloven, de prijzen die je moet vergelijken omdat er altijd adders onder het gras zitten zodat je anders een dief van je eigen portemonnee bent, om nog maar niet te spreken van de teleurstelling achteraf of het bankafschrift als de eerste betaling is voldaan, en dan die zooi overal in huis...! In mijn hart weet ik waarom ik er zo kriebelig van word. Ik ben namelijk redelijk netjes en dit is het enige klusje in mijn leven waarbij chaos hoogtij viert. Schoolwerk, rapportvergaderingen, pianostukken, agenda, boodschappen: dat alles gaat bij mij ordelijk en overzichtelijk. Vakantie is zo'n beetje het enige waarbij elke vorm van structuur en organisatie ontbreekt.

Nadat ik voor de zoveelste keer een stapel kleren terug in de kast had gelegd en dat ene shirtje er weer uit had gevist (want ik mocht eens behoefte hebben aan mijn zonnebloemgele topje als ik een zwart kokerrokje aandeed voor het geval we gingen stappen) hakte ik de knoop door en legde alle dikke dingen terug in de kast. Dertig graden in Cannes. Geen mens die met zo'n dikke fleecetrui zou rondlopen. Drie spijkerbroeken? Wat was ik van plan? Hup, terug in de kast. Ik had een fijne spijkerbroek aan, die zou ik aanhouden omdat het in het vliegtuig vaak kil was en dan dat witte vest, dat was ideaal voor nu. De rest van de warme kleren: weg ermee. De shirtjes die ik al drie jaar achter elkaar van de ene naar de andere plank had verhuisd en niet gedragen had, gooide ik op een hoop die straks in de zak van Max kon. Wauw. Dat was aardig wat. Of zou ik toch maar dat groene gevalletje meenemen voor het geval dat...

Dat wat? Dat er een feestje was waarbij groene shirtjes die alweer uit waren gedragen moesten worden? Resoluut gooide ik het verwassen geval opzij en legde daarna de kleren die over waren gebleven netjes in de koffer. O, dat zwarte vest. Daar had ik het in de winter nog te warm mee! Terug in de kast. Tot mijn genoegen nam het volume plots enorm af. Ha! Als ik zo doorging, zou ik straks zelfs nog ruimte hebben voor Veroniques skates. Ik kon zo wel weer een paar extra schoenen meenemen. Die leuke bruine laarzen? Of nam ik twee paar van die grappige sandaaltjes mee, die met die hakken? Ze waren superhip, ook al kon ik er niet langer dan een uur op lopen zonder gigantische blaren te krijgen. Of moest ik toch maar een paar van die designer regenlaarsjes meenemen?

Twee uur later had ik eindelijk alles in de koffer zitten, en hij was loodzwaar. Maar dat was altijd nog beter dan niet te tillen, wat ik de voorafgaande vakanties altijd voor elkaar had weten te krijgen. Een kleine tas met wat extra benodigdheden voor in het vliegtuig, mijn paspoort, rijbewijs en vliegticket: ik was er klaar voor.

Luxe, om nu eens een keer geen vakantiehuisje te hoeven uitzoeken. Tanja's vriend Han, de man die bij de marine werkte en die ik altijd een zeeman noemde, wat volgens Tanja helemaal niet mag, had over een week tien dagen verlof. Het fregat waarop hij werkte zou aanleggen in Nice en ze mochten aan wal, maar om de een of andere duistere reden niet naar Nederland. Tanja en Han hadden natuurlijk meteen afgesproken dat zij daarheen zou komen en dat ze zijn tijd aan wal samen zouden doorbrengen. Tanja's vader, een invloedrijke man bij Shell, had daarvoor aan de nodige touwtjes getrokken en hij had een appartement van een collega weten te regelen: in het centrum van Cannes nota bene. We zouden daar de eerste week samen doorbrengen, daarna zouden we met zijn allen naar Nice gaan om Han binnen te halen. Veronique en ik zouden daarna onze tijd prima kunnen besteden in de stad omdat Tanja en Han genoeg hadden aan elkaar.

Om de feestvreugde te verhogen kwamen Stijn en zijn studievriend Marten ook nog langs. Stijn was eergisteren vertrokken om te vissen op de Atlantische Oceaan. Ze zouden over twee weken weer in de buurt van Biarritz aanleggen, daar een auto huren en dan naar Cannes rijden.

Daar kwam ook nog eens als leuk voordeeltje bij dat we niets hoefden te betalen voor het appartement. Alleen het vliegticket moesten we aanschaffen. Nou, waar vond je een betere regeling voor een van de duurste gebieden van Zuid-Europa?

Er werd getoeterd. Pa. Mijn koffer stond klaar, het rugtasje erbovenop. De kranen waren goed dichtgedraaid, ramen gesloten, koelkast was leeg, bed schoon opgemaakt: ik was klaar om te gaan. Met mijn zonnebril boven op mijn hoofd (het regende weer eens) probeerde ik zo nonchalant mogelijk de koffer te dragen, maar pa zag meteen dat ik er bijna mijn rug op brak en nam hem van me over.

'Is ma er niet bij?' vroeg ik verbaasd toen hij de koffer achter in het busje schoof.

'Nee, we rijden nog wel even langs huis,' antwoordde hij met zijn gebruikelijke onverschilligheid. 'Ze was bezig in de keuken. Met soep of zoiets, geloof ik.'

Soep. Ik stond op het punt om in het vliegtuig te stappen, drie weken weg te zijn en mijn moeder maakte soep? Opeens kreeg ik visioenen van ma die me een tupperwarebakje met eigengemaakte kippensoep in mijn handen duwde. *Voor in het vliegtuig, dat eten is zo slecht.* Ik kon het haar bijna horen zeggen. Zorgelijk keek ik op mijn horloge. Het was niet de bedoeling dat ik de trein miste die ons naar Schiphol zou brengen. De vlucht stond gepland om tien over zes en het was bijna halftwee. Over vijfentwintig minuten móésten we op het station staan. Het zou goed gaan, maar we moesten niet te lang treuzelen.

Pa draaide de oprit op en toen ik naar de voordeur liep, trok ma die net open. Ze had de telefoon in haar hand. 'Ai snep joe not!' riep ze. 'Wat zee joe?'

'Die heeft al eerder gebeld,' bromde pa. 'Ik heb gezegd datie kan opzouten.'

'In dat vloeiende Engels van jou zeker? Dan zal de beller het wel begrepen hebben,' zei ik, rollend met mijn ogen.

'Ach, 't is toch alleen maar zo'n bedrijf dat iets wil verkopen,' zei pa knorrig en liep naar de wc.

'Onzin. Heb jij al eens een bedrijf aan de lijn gehad dat jou iets wilde verkopen zonder dat ze Nederlands spraken?' Mijn woorden kaatsten tegen de dichtgaande wc-deur.

'Joe mot mie not bellen!' Op ma's gezicht was een vlaag van schrik verschenen die grensde aan paniek, ik kon het niet meer aanzien en griste de telefoon uit haar hand.

'*Hello? This is Esther Williams,*' zei ik, een beetje terughoudend.

'*Hello*. Spreekt u Engels?' vroeg een beschaafde damesstem in keurig Engels.

'Jazeker. Met wie spreek ik?'

'Mijn naam is Jasmin Bellar, ik werk voor Lloyds Lawyers International, gevestigd te Aberdeen. Ik probeer de familie Williams al maanden te bereiken!'

'Mijn ouders spreken geen Engels.' Het understatement van het jaar. 'En net als zij heb ik geen interesse in iets wat u wilt verkopen.'

'O, maar ik wil u niets verkopen!' riep ze haastig. Juffrouw Bellar zei dat ze het snapte van mijn ouders. Ze klonk erg keurig. 'Ik ben al tijden naar u op zoek!'

'Waarvoor dan?' vroeg ik voorzichtig. Als ze zou gaan praten over het afsluiten van een levensverzekering, zou ik de verbinding verbreken.

'Het gaat om het onroerend goed in Fillkennagh. Dat gaat overmorgen onder de hamer als u niet hierheen komt om de overdracht te ondertekenen.'

'Pardon? Waar hebt u het over?' Fill-wat?

'Het onroerend goed in Fillkennagh,' herhaalde ze geduldig en ik hoorde ook een vlaag van verbazing in haar stem. 'De termijn van een jaar verloopt bijna.'

'Ik begrijp er niets van,' zei ik verward. 'Welke termijn? Wat voor onroerend goed?'

Juffrouw Bellar rommelde wat in papieren en op haar computer en noemde vervolgens in haast onverstaanbaar Nederlands de straatnaam en het huisnummer van mijn ouders. 'Daar heb ik papieren naartoe gestuurd. Ze zijn gericht aan Esther en Stijn Williams. Omdat ik niets hoorde, heb ik twee weken geleden nog een keer het hele pakket verstuurd en daarna geprobeerd te bellen.'

Ze sprak Stijn uit als Stain. Aan mijn naam viel niet zo veel te verkwanselen. 'Ik ben Esther, Stijn is mijn broer,' knikte ik. 'Kunt u uw bedrijfsnaam nog eens voor me herhalen? … Ogenblikje alstublieft.' Ik hield de telefoon tegen mijn been en vroeg aan ma, die me gespannen aan had staan kijken, of ze post had ontvangen van Lloyds Lawyers International. 'Engelse brieven, mam,' zei ik ongeduldig. 'Kom op, die juffrouw belt uit Engeland. Ze zegt dat ze ze een paar maanden geleden al heeft verstuurd. En er moet vorige week ook iets binnengekomen zijn. Het is belangrijk, denk even goed na!'

Ma keek benauwd en kreeg opvallend rode wangen. 'Ik heb wel wat weggegooid,' zei ze aarzelend. 'Zal ik even gaan kijken in de schuur, bij het oudpapier?'

Ik knikte. 'Ik loop met je mee.' Ma's tempo lag niet zo hoog en pa zat alweer op de bank met zijn neus in de krant. Aan juffrouw Bellar vroeg ik: 'We gaan even zoeken. Kunt u mij vertellen over welk onroerend goed het gaat? Want eerlijk gezegd heb ik er geen idee van waar u het over hebt.'

Nu werd zij behoedzaam. 'De naam Leopold Hendrik Williams, is die u bekend?'

'Leopold Hen... Oom Leo! Ja natuurlijk, dat is mijn oudoom. Hij is vorige maand overleden.'

'O. O! Dat spijt me, gecondoleerd met uw verlies.' Het klonk bijna alsof ze het meende. 'Heeft hij u niet op de hoogte gesteld van het feit dat u en uw broer het huis krijgen als u daarvoor komt tekenen?'

Het huis krijgen? 'Welk huis? In Agay?' stamelde ik.

Nu begreep juffrouw Bellar er niets meer van. 'Eh... Ik weet niet precies welk huis u bedoelt, maar ik heb het over de woning aan Castlerock Road in Fillkennagh, Schotland.'

'Maar... Maar mijn oom had een huis in Frankrijk. Ik weet niets van... Schotland, zei u?'

Ma kwam met een verhit hoofd omhoog uit de oudpapierdoos en hield een paar papieren in haar handen. Brieven, een doorgescheurde envelop met een koffievlek maar ook een chique logo met onmiskenbaar de klasse-uitstraling van een notariskantoor: Lloyds. Ik knikte. Dat was het.

'Jazeker. De heer Williams heeft bijna een jaar geleden laten vastleggen dat hij zijn woning aan u vererft, mits u binnen driehonderdvijfenzestig dagen de akte tekent. Een kopie daarvan treft u aan tussen de spullen die ik u toegestuurd heb. Ik nam aan dat hij u daarvan op de hoogte had gebracht.' Haar stem werd nog voorzichtiger toen ze vroeg: 'Is hij misschien erg lang ziek geweest? Was hij niet in staat om het u persoonlijk te vertellen?'

'Nee, dat is het niet. We hadden al geruime tijd geen contact meer met elkaar,' zei ik naar waarheid. Mijn hersens kraakten toen ik het probeerde te bevatten. Waarom had oom Leo die brieven naar mijn ouders laten sturen, en niet rechtstreeks naar Stijn of naar mij? Logischerwijze zou dat betekenen dat hij dat plan al lang geleden had laten vastleggen, nog voordat Stijn en ik het huis uit gegaan waren. Of, en dat klonk ook wel aannemelijk, hij verwachtte dat pa en ma nooit van hun leven meer zouden verkassen, en wij wel, en hij nam het zekere voor het onzekere en stuurde de post naar die constante factor. Nog een mogelijkheid was dat hij de adresgegevens van mijn ouders wel uit zijn hoofd kende, en die van ons niet.

'Hallo? Bent u er nog?' vroeg juffrouw Bellar.

'Ja, ja. Ik ben een beetje van mijn stuk gebracht, dat is alles. Weet u zeker dat u ons moet hebben?' Stomme vraag. Ze had als een terriër haar tanden erin gezet om Stijn en mij te bereiken, ze wist echt wel naar wie ze op zoek was. Het probleem was dat ik nauwelijks kon bevatten wat ze zei. Een huis in Schotland? Het echode steeds tussen alles door.

'Hoe kan ik uw broer bereiken?' onderbrak juffrouw Bellar mijn gedachten.

'Niet,' antwoordde ik eenvoudig. 'Hij is op zee, tonijnvissen met een paar vrienden. Vanaf vrijdag is hij bereikbaar per mobiel, en...'

'Esther, we moeten gaan,' kwam de stem van pa, gevolgd door zijn rode, dikke hoofd dat om de hoek kwam kijken. 'Tanja is er al. Ik heb haar koffer al in het busje gezet.' Ik griste de papieren uit mijn moeders hand, stak ze onder mijn arm en liep snel naar binnen, naar het telefoontafeltje waar een schrijfblok en een pen lagen. Snel noteerde ik juffrouw Bellars telefoonnummer op de envelop van Lloyds, ik beloofde dat ik de papieren zou doornemen en haar dadelijk zou terugbellen. 'Uw broers handtekening is ook nodig!' zei ze snel.

'Dat kan niet!' gilde ik haastig terug. 'Hij zit ergens op de Atlantische Oceaan!' Toen drong het pas echt tot me door. 'Hoeveel tijd heb ik nog voordat dat jaar om is?'

'Tot morgen middernacht,' zei Bellar. 'Vanaf dat moment wordt het gemeente-eigendom en wordt het geveild.'

'Esther!' riep pa. Ma duwde zachtjes tegen mijn schouder en gebaarde dat ik de telefoon moest neerleggen.

'O.' Morgen, middernacht?! 'Maar ik sta op het punt om op vakantie te gaan.'

'Leest u even door wat ik u gestuurd heb, dan wordt het u vast een heel stuk duidelijker. Mag ik uw mobiele nummer?'

Het gesprek was daarna in een paar tellen afgerond. Ik propte de brieven in mijn rugzak, knuffelde mijn moeder die me met tranen in haar ogen een fijne vakantie wenste en sprong in de auto, mijn hoofd tollend van wat ik gehoord had. 'Wat was dat allemaal?' riep ma en tikte met haar knokkels tegen het autoruitje, dat ik omlaag draaide. 'Esther, wie was dat?'

'Heel verhaal,' zei ik snel. 'Als er iemand belt die Engels spreekt, moet je zeggen: *Esther will call you back*. En je mag mijn mobiele nummer geven.' O jee. Ma zou dat waarschijnlijk a) nooit onthouden en b) de cijfers niet goed genoeg kunnen zeggen. Ze keek nu al zo ontredderd en stamelde: 'Maar hoe moet dat dan met... En ik snap het allemaal niet... En hoe kan...'

'We gaan,' zei pa. 'Tonnie, houd op met zeuren, ze gaat niet op wereldreis.'

'Dag mam! Ik bel je gauw!' riep ik toen pa zonder poespas optrok en de straat uitreed.

'Hoi!' hoorde ik naast me en toen ik achter me keek, zag ik

een breed grijnzende Tanja, die zich al geïnstalleerd had op de achterbank. 'Vakantie!' Toen, haar ogen een beetje dichtgeknepen, vroeg ze: 'Waar ging dat allemaal over? Is er iets aan de hand?'

'Dat weet ik niet. Heb ik mijn paspoort nou? En ik moet even kijken of ik mijn creditcard wel heb...' Ik begon in mijn rugzak te rommelen. Typisch laatste-moment-voor-de-vakantie-gedrag. Iedereen checkt honderd keer dingen die je normaal maar één keer nakijkt. De brieven ritselden onder mijn vingers en ik probeerde ze te lezen, maar het wilde niet lukken. Pa's busje was niet bepaald een rustige solide wagen en zijn rijstijl was ook nogal woest, dus de letters gingen voor mijn ogen heen en weer. Bovendien riep Tanja allerlei dingen over de vakantie.

Ik moest uitleggen hoe pa naar Veronique moest rijden. Pas toen we die opgepikt hadden en we naar het Centraal Station reden, begon er iets door te dringen van het telefoongesprek van net. Veronique en Tanja zaten op de achterbank te tetteren als kinderen die opgewonden zijn voor een schoolreisje. Pa zette demonstratief de radio wat harder en ik probeerde mentaal de lokale schlagerzanger uit te schakelen en te luisteren naar wat mijn vriendinnen zeiden, maar het ging niet. Ik bleef maar denken aan wat die juffrouw Bellar had gezegd.

Twintig minuten later liepen Veronique, Tanja en ik, met onze koffers op wieltjes ratelend achter ons aan, door de stationshal. Treinkaartjes hadden we al een paar dagen eerder gekocht, dus daar hoefden we niet meer moeilijk over te doen, en ik was daar maar wat blij om, want we zaten niet echt royaal meer in de tijd. De trein stond er al en na enig gezeul en gehijg om de koffers veilig aan boord te krijgen vonden we een plekje en ploften we neer. Tanja leek wel een springveer. Ze was zo opgewonden dat ze nauwelijks langer dan twee minuten op haar plek kon blijven zitten. 'Sorry, meiden, ik moet dit even lezen,' zei ik toen de trein zich in beweging zette.

'Was dat waar je thuis naar op zoek was?' vroeg Tanja en probeerde mee te lezen, wat niet meeviel omdat ze tegenover me zat en alles ondersteboven zag. Ik knikte, las de brieven, kopieën van de originele wilsbeschikking, en pijnigde mijn hersens om te bevatten wat er stond. Ik wist dat Veronique en Tanja me nieuwsgierig aan zaten te kijken en wachtten op een uitleg, maar het duurde lang voordat ik de laatste brief liet zakken.

Dit was niet te geloven, echt te gek voor woorden.

'Wat is het?' vroeg Veronique nieuwsgierig en zij en Tanja hingen aan mijn lippen, omdat ze in de gaten hadden dat dit niet zomaar iets onbenulligs was. Ik haalde diep adem voor ik antwoord gaf en was blij dat pa er niet bij was. 'Ik geloof dat ik een huis heb geërfd. Van oom Leo.'

'Wát?!' kwam het in koor uit twee monden. Ik haalde mijn schouders op en liet mijn blik weer over de papieren glijden.

'Ik begrijp er niet veel van. Dit is spul van een notariskantoor in Aberdeen, in Engeland.'

'Aberdeen ligt in Schotland, niet in Engeland,' verbeterde Veronique me. 'Zeg dat maar nooit hardop tegen een Schot.'

'Laat haar nou vertellen!' drong Tanja aan.

'Ik heb vorige maand toch die woning leeggehaald, in Enschede, samen met Stijn en pa en ma? Nou, daar woonde mijn oudoom Leo. Als ik dat telefoontje van vanmorgen en dit allemaal' – ik zwaaide met de brieven – 'goed begrijp, dan heeft oom Leo ooit besloten dat Stijn en ik zijn huis in Enge... Schotland krijgen. Het is heel raar, want niemand wist dat hij daar een huis had. We zijn nog op zoek geweest naar papieren over het huis in Agay, in Frankrijk. Daarvan wisten we wel dat hij het had, en daar hebben we niets over gevonden, helemaal niets. Dus namen Stijn en ik aan dat hij in het verleden dat huis verkocht had en leefde van het geld dat dat had opgebracht. Niet dat me dat wat uitmaakte, want ik had helemaal niet het idee dat hij goed in de slappe was zat. Als je zag in wat voor krot hij op het laatst woonde...'

Veronique krabde in haar roodbruin geverfde haren. 'Maar wat heeft dat Schotland er dan mee te maken?'

Ik haalde mijn schouders op. 'Geen idee. Het is echt een volslagen verrassing. Ik weet niet om wat voor huis het gaat, hoelang hij het al heeft – ik weet niet eens waar het is. De plaats heet Fillkennagh. Dat zegt me niets.'

'Nou, super toch?' zei Tanja opgetogen. 'Mooi vakantieadres.' Toen, erachteraan: 'Het zou leuker zijn geweest als hij een lekker warm land als Spanje had gekozen om zijn liefdesnestje in te richten.'

'Ah! Gets, doe niet zo vies. 't Was een ouwe man!' riep ik.

'Ouwe mensen hebben ook behoeftes,' zei Tanja schouderophalend.

Weifelend schudde ik mijn hoofd. 'Tan, ik vind het helemaal niet super omdat ik er niets van afweet. Wie weet is het wel een... een... een... hoerenhuis!'

Een seconde keken Veronique, Tanja en ik elkaar aan, toen barstten we alle drie in lachen uit. Tanja was de eerste die weer wat zei. 'Misschien is het wel een romantisch kasteel.'

'Of zo'n knus boerderijtje,' zei Veronique.

'Of een varkensstal,' mompelde ik met een diepe zucht. Ze hadden oom Leo niet gekend. Iemand die in zo'n troep woonde, kon onmogelijk op een andere plaats een hemel-op-aardeplekje opgebouwd hebben.

'Als dat zo is, verkoop je het gewoon,' raadde Veronique me aan. 'Dan houd je er nog wat leuks aan over.'

Met gemengde gevoelens keek ik de twee aan. 'De vrouw die net belde, van dat notariskantoor, zei dat ik voor morgenavond getekend moest hebben. Dan is blijkbaar het jaar om waarin Stijn en ik konden tekenen om het te accepteren.'

Alsof het op commando ging, trokken ze tegelijk hun wenkbrauwen op. Veronique vroeg: 'Moet dat dan? Als je iets erft, moet je er dan voor tekenen en krijg je het anders niet? Dat wist ik helemaal niet. Het klinkt raar. Dat is toch niet normaal?'

'Die vrouw vertelde dat het anders openbaar geveild wordt.'

'Nou, dat is helemaal mooi,' vond Tanja. 'Dan hoef je het niet eens zelf te doen. Goeie deal toch? Als je er toch niet heen gaat, kun je net zo goed profiteren van de verkoop. Precies wat Veer net zei: dan houd je er zelf ook nog een mooie cent aan over.'

'Ik weet gewoon niet wat ik ermee aan moet. Moet ik nou naar Schotland gaan?'

'Je bederft de voorpret,' klaagde Tanja, die er opeens genoeg van leek te hebben. 'Je zit al vanaf dat we instapten met die brieven voor je neus. Stop die zooi terug in je tas en haal hem pas na de vakantie weer tevoorschijn. Zoiets loopt niet weg. Je hebt vakantie! *Wij hebben vakantie*! Laat het los!' Ze haalde uit naar de brief die ik vasthield, maar ik trok mijn hand opzij. Dit was een kopie van een testament. Tanja keek verongelijkt, kruiste haar armen voor haar borst en ging demonstratief naar buiten zitten kijken. Ik probeerde te begrijpen wat ik las, staarde van de akte naar buiten en weer terug. De trein raasde door het Nederlandse landschap. Regendruppels werden door de druk in horizontale grillige lijnen over het raam geduwd.

'Es, waarom zou jouw oom je iets nalaten en het dan niet zeggen?' vroeg Veronique na een paar minuten, en sloeg daarmee de spijker op zijn kop. 'Wat heeft het voor nut om iets na te laten aan je achterneef en -nicht en het vervolgens niet te vertellen?'

Ik schudde mijn hoofd. 'Het enige wat ik kan verzinnen is dat hij wel heeft geprobeerd om dat te doen. Hij liet dit bezorgen bij mijn ouders in de veronderstelling dat wij daar nog woonden. Misschien. Maar het contact tussen hem en mijn ouders was al niet zo best, en verder dan de verplichte kerstkaart die ik hem stuurde ging het bij mij ook niet. Stijn zal wel helemaal nooit meer iets van zich hebben laten horen.'

'Maar dan hadden je ouders dat toch wel begrepen uit die post?'

'Het is Engels, daar snappen ze niks van. Moeilijk voor te stellen in deze tijd, maar hun woordenschat is zo'n beetje beperkt tot *hello* en *yes* en *no*. McDonald's spreken ze uit als Mekdunnels. Mijn pa heeft helemaal niks met Engels, die knikkert alles meteen bij het afval.'

'Hoe goed kende je die oom?' vroeg Veronique weer.

'Niet! Dat blijkt wel! Ik heb hem jaren niet meer gezien.'

'En Stijn? Je pa en ma?'

'Pa ook niet, die kon zijn bloed wel drinken. Misschien dat ma ooit nog wel contact met hem heeft gehad, maar dat weet ik niet zeker.' Mijn mobieltje rinkelde en ik verstarde een tel. O jee. Die juffrouw van Lloyds. Ik keek de anderen aan voordat ik nerveus mijn telefoontje uit mijn tas haalde. 'We hebben een Bellar,' probeerde ik luchtig te doen en nam op, met het zweet in mijn handen. Ze was het inderdaad en nadat ze zich nogmaals had voorgesteld vroeg ze of ik de brieven had gelezen.

'Ik heb alles doorgenomen,' zei ik, probleemloos overstappend op Engels. 'Maar ik kan nu niet naar Schotland komen, aangezien mijn vliegtuig over een paar uur vertrekt naar het zuiden van Frankrijk. Na mijn vakantie is het...'

Bellar liet me niet uitpraten. 'Het spijt me u te moeten onderbreken, maar ik weet niet zeker of u alles begrepen hebt. Als u nu niet hierheen komt, is het uw bezit niet meer.'

Tanja keek me hoopvol aan. Ze maakte gebaren dat ik het gesprek simpelweg moest beëindigen en in haar ogen zag ik de stille smeekbede. Ze had zich zo verheugd op deze vakantie, eerst met ons een weekje en daarna met haar vriend...

Maar ergens van binnen knaagde er iets. Het voelde als een waarschuwing. Er was nog iets, maar wat was dat nou? Ik moest komen tekenen, voor morgen middernacht. Zo niet, dan...? Dan werd het pand gemeente-eigendom. Ik kneep mijn ogen dicht om te proberen vast te houden wat ik dacht. Gemeente, openbare veiling... Wat had oom Leo voor iets ingewikkelds bedacht? Hoe zat het in godsnaam in elkaar?

Het ging om de volgorde. Daar was iets mee. Als ik (of Stijn, die ik nu even buiten beschouwing moest laten aangezien hij letterlijk uit vissen was) niet voor morgen middernacht een krabbel zou zetten, zou het onroerend goed naar Fillkennagh gaan, en dáárna ging het in de veiling. Dus... Dan ging de opbrengst waarschijnlijk ook naar de gemeente!

'Ogenblikje, alstublieft,' zei ik tegen Bellar en duwde de telefoon in Veroniques handen. Als een razende zocht ik in de officiële paperassen. Zo moeilijk als mijn ouders het Engels vonden, zo makkelijk vond ik het. Maar juridisch jargon: dat was heel andere koek. Net als in het Nederlands waren de zinnen lang en lastig geformuleerd. Afgezien van de woorden of uitdrukkingen die ik niet kende, moest ik de zinnen soms wel zes keer opnieuw lezen om daarna tot de ontdekking te komen dat ik nog niet zeker wist dat ik het honderd procent begreep.

'Wat is er?' vroeg Veronique.

'Dit hier...' zei ik grimmig en pakte mijn mobieltje weer terug. 'Ja, daar ben ik weer. Juffrouw Bellar, als ik niet kom om iets te ondertekenen, dan gaat het onroerend goed naar de gemeente, hebt u mij gezegd. Dat heb ik toch goed begrepen, hè?'

'Dat klopt,' kwam de correcte stem van Bellar, even duidelijk of ze vanuit een aangrenzende ruimte belde. 'Om precies te zijn: naar de gemeente Fillkennagh.'

'Wat gebeurt er met de opbrengst van die veiling waar u het over had?'

'Die gaat dan ook naar de eigenaar: de gemeente.'

Ik kneep harder in mijn mobieltje. 'Dus als ik niet op tijd bij u ben, dan zie ik zowel een huis als de opbrengsten van de verkoop daarvan aan mijn neus voorbijgaan?'

'Dat klopt,' herhaalde ze. 'Hoe spijtig ik het ook vind.'

'Wat is dat voor een rare regeling?' kon ik niet nalaten te vragen. Ik had er meteen spijt van, want juffrouw Bellar kon er natuurlijk niets aan doen.

Toch gaf ze me vlot antwoord. 'Uw oudoom heeft deze constructie bedacht en het is bekrachtigd door een advocaat en een getuige. Hoe graag ik u ook zou willen helpen en dat tegen zou willen houden: dat kan niet.'

Ze had gelijk. Uiteraard! Als ze zou kunnen sjoemelen met wilsbeschikkingen, kon het hele systeem wel opgedoekt worden.

'Ziet u echt geen kans hierheen te komen?' vroeg ze en ik verbaasde me erover hoe spijtig de klank van haar stem was.

Ja, natuurlijk kon het wel. Dan moest ik mijn vakantie annuleren. Een ticket naar ergens in Engeland kopen en...

Veronique onderbrak mijn gedachten. 'Waarom ga je niet even heen en weer? Onderteken dat document, je hebt je huis of flat of kasteel of wat het ook is, en daarna kom je alsnog naar Cannes. Wij halen je wel op van het vliegveld. En na de vakantie verdiep je je er verder in en verkoop je het alsnog.' Ze had goed geluisterd toen ik net een korte versie gaf van hoe de vork in de steel zat.

'Echt?' Ik keek Veronique en Tanja aan. 'Vinden jullie dat goed? Ik ben de enige met een rijbewijs.'

'Nou, en? Er zijn taxi's en bussen en treinen. We redden ons wel.' Tanja had blijkbaar in een paar minuten besloten dat ze beter mee kon helpen door een constructieve oplossing aan te dragen, dan te gaan zitten mokken.

'Waar moet ik zijn?' vroeg ik aan Bellar na een bemoedigend knikje van Veronique.

'U kunt naar Aberdeen vliegen vanaf Schiphol. Vandaar is het nog zo'n tweehonderd mijl naar het noorden, naar Fillkennagh. Het is een kleine plaats in de buurt van Brackloch.'

'Maar… Ik moet toch naar u toe komen om te tekenen?'

'Nee, ik ben alleen maar de contactpersoon voor het buitenland,' legde Bellar uit. 'Maar u moet op het gemeentehuis in Fillkennagh zelf zijn voor het uiteindelijke document.'

Mijn God! Daar moest ik even iets wegslikken. Tweehonderd mijl? Dat was iets van driehonderd kilometer? Dat was van hier tot Noord-Frankrijk! Een pokkeneind!

'Eh… Hoe leg ik die tweehonderd mijl dan af? Ik ben er totaal niet bekend.'

'Ik kan een huurauto voor u regelen,' zei ze. Met schrik dacht ik aan links rijden in een oord waar ik totaal de weg niet kende en waar ik een mega-afstand af moest leggen. Niemand om me te helpen navigeren, geen kaartlezer… Plots wilde ik dat Stijn erbij was.

'Ik kan niet autorijden,' flapte ik eruit. Het was een vette leugen en het kwam me op open monden van Veronique en Tanja te staan, maar ik zag het niet zitten. Een leugentje om bestwil, noem het maar zo.

'O,' zei Bellar verrast. 'Hebt u een momentje?' Ik werd in de wacht gezet. De trein raasde voort. Het regende niet meer. In de groene weiden stonden zwartwitte koeien op hun gemak te grazen. Zouden er in Schotland koeien in de velden staan? Na een halve minuut hoorde ik Bellar weer aan de lijn komen.

'Als u kunt aangeven hoe laat u landt, zorg ik dat er iemand klaarstaat met een auto die u naar Fillkennagh zal brengen.' Ze lachte plotseling zachtjes. 'Het zou toch erg zonde zijn van alle inspanningen als u niet verder kwam dan Aberdeen. Ik ben al zo blij dat ik u eindelijk te pakken gekregen heb.'

Hoe het precies kwam weet ik niet, maar er klonk iets van dankbaarheid en opluchting in dat lachje door, zo van: *het is gelukt*, maar dan op een prettige manier. En op dat moment wist ik dat ik dadelijk, als ik eenmaal op Schiphol was, niet op het vliegtuig naar Marseille zou stappen, maar dat ik naar de Schotse hooglanden zou afreizen.

*

Een charterticket omzetten is een waar drama. Omdat ik niet wist wanneer ik terug zou kunnen, áls ik al vanuit Aberdeen naar Zuid-Frankrijk kon vliegen, wilde de luchtvaartmaatschappij het ticket niet zomaar voor een andere dag geldig maken. Ik kon ook geen chartervlucht switchen van Frankrijk naar Schotland, dat moest met een lijnvlucht, en met een andere vliegmaatschappij. Een klein gelukje bij een ongeluk was dat ik op maandag reisde, en dat in het weekend de ergste vakantiedrukte al geweest was. Zuid-Europese bestemmingen waren populair en dus zat alles in die richting bomvol, maar een vlucht naar het noorden van het Verenigd Koninkrijk was minder gewild, waardoor ik meer kans had op succes. Er zat een efficiënte dame met een fantastisch hoogblond, strak achterovergekamd kapsel en zo'n truttig rood-wit-blauw sjaaltje om haar nek op de toetsen te rammelen. Gefascineerd keek ik naar haar onberispelijke tomaatrode nagels waar geen hoekje afgebladderd was – iets wat ik nooit voor elkaar kreeg. Ze belde, belde nog meer en nog meer, en tikte ondertussen onophoudelijk door. Ze werkte met mijn paspoort en mijn creditcard en het vliegticket voor Marseille, dat ze bij zich hield.

'Het duurt een poosje voor ik u verder kan helpen, u kunt daar even wachten. Houdt u alstublieft de berichten in de gaten.' Ze bonjourde me naar de stoelen, waar Veronique en Tanja een halfuur geleden waren neergestreken. Ze keken nu steeds vaker op de klok en ik liep met een diepe zucht naar hen toe. 'Afwachten,' zei ik als reactie op hun vragende gezichten. 'Het kan nog wel een tijdje duren.' Over mijn schouder keek ik naar de blonde juffrouw die alweer de volgende klant hielp die zijn ticket moest omzetten of annuleren. 'Het gaat me nog geld kosten ook, want een lijnvlucht is hartstikke duur en van die chartervlucht willen ze me niets garanderen. Een lijnvlucht kost echt een smak geld.'

'Ach, straks heb je misschien wel honderdduizend euro in je zak,' probeerde Tanja me op te vrolijken.

'Ponden dan toch,' verbeterde Veronique haar. 'Es, wij moeten inchecken. We kunnen het niet langer uitstellen.'

Ik knikte gelaten. Veronique en Tanja hoefden hun vlucht niet te missen vanwege mij. 'Ja, ga maar. Ik had jullie graag willen vertellen hoe laat ik vertrekken kan, maar ik weet nog niks, alleen dat ze haar best doet. Zegt ze.' Veronique stond op en omhelsde me, ik gaf haar drie dikke pakkerds. 'Ik zie jullie over een paar dagen. Ga de omgeving maar vast eens verkennen. Ik wil meteen naar de hotspots als ik er over een paar dagen ben.' Van Tanja kreeg ik ook drie zoenen en een dikke knuffel.

'Goeie reis en wees voorzichtig,' drukte ik hun op het hart.

'Jij ook,' zeiden Veronique en Tanja in koor, en na een allerlaatste keer zwaaien en een kushandje liepen ze weg, op zoek naar de incheckbalie en hun gate.

Tot over een paar dagen, dacht ik een beetje weemoedig en liet me op een harde felgroene plastic kuipstoel zakken. Gespannen keek ik daarna in de richting van de balie, wachtend en hopend op een hoofdknikje van de blonde juffrouw, die klant na klant hielp. Ik had honger en dorst, kocht een broodje bij het kioskje toen er geen andere klanten stonden en ik toch nog vrij zicht hield op 'mijn' juffrouw. De minuten tikten weg. Op de borden zag ik de vlucht waar ik eigenlijk in had moeten zitten aangekondigd worden met het *Now Boarding* signaal en daarna wist ik dat ik daar niet meer op hoefde te rekenen, want de gele digitale letters verdwenen en maakten plaats voor andere vluchtnummers.

Eindelijk, na bijna drie uur, toen ik zó nodig naar de wc moest dat ik ervan overtuigd was dat ik het in mijn broek zou doen als ik niet binnen vijf minuten ging, wenkte de blondine me. 'Ik heb een stoel voor u kunnen regelen. De kosten van het ticket bedragen 860 euro, die u met creditcard of cash kunt voldoen. Over een halfuur vertrekt de KL341 vanaf gate zeventien, naar Aberdeen. U kunt meteen instappen.'

'Eh... 860 euro?'

'Dat klopt. 860 euro.' Ze verblikte of verbloosde niet.

'Is dat voor een retour?' vroeg ik kleintjes.

'Nee, u heeft gezegd dat u een enkele reis nodig had,' zei ze een beetje bits. 'Of bedoelde u een retour?' Ze keek erg hooghartig.

'Nee, nee! Het is goed. Met creditcard betalen, alstublieft.' Whap, daar ging mijn plastic kaart het apparaat in, flap, daar werd het weer op de balie gekwakt, en tsjak, in een haal 860 euro armer. Dit moest het wel waard zijn! Voor dat enkeltje was ik al meer kwijt dan voor wat ik in week zou uitgeven in Frankrijk!

'Hier zijn uw instapkaart en uw creditcard. Dit is een afschrift van de nota. Ik wens u een goede vlucht.' Ze keek me aan, een zuinig professioneel glimlachje op haar lippen.

'Dank u wel voor de moeite,' zei ik beleefd. Ik probeerde niet aan de 860 euro te denken en sleepte mijn koffer en mijn rugzak mee, terwijl ik de creditcard in mijn achterzak propte en de papieren klaarhield. Terwijl ik door de lange gangen naar de juiste gate snelde, belde ik naar Jasmin Bellar. Het duurde lang voordat ze opnam en ik vreesde al dat het op een fiasco zou uitlopen en dat ik straks in Aberdeen zou staan zonder vervoer naar dat Fillkennagh, maar toen nam ze gelukkig op. Ze was opgetogen dat ik iets had weten te regelen, ik gaf haar het vluchtnummer en ze beloofde dat alles klaar zou staan als ik geland was.

Ik moest nog steeds vreselijk nodig naar de wc, maar toen ik in het vliegtuig stapte en naar de wc wilde lopen, hield de stewardess me tegen. 'U kunt op dit moment geen gebruik maken van het toilet,' zei ze vriendelijk.

'Maar ik moet heel erg nodig! Een minuutje maar!' kreunde ik.

'Het spijt me. Wilt u uw plaats opzoeken, uw spullen in het kastje boven uw hoofd leggen en gaan zitten?'

'Ik heb net uren zitten wachten, kan ik niet even gauw gaan? Het duurt toch nog wel even voordat iedereen zit.'

'Het spijt me, gebruik van de toiletten is niet toegestaan tijdens het in- en uitstappen.' Mijn God. Alsof ze een bandje afdraaide.

'Ik moet echt heel erg,' hield ik aan. Achter me werd gemorreld.

'Wilt u alstublieft gaan zitten?'

'Ik kan niet zitten,' zei ik en hoopte de juiste toon te vinden, wat niet zo moeilijk was met mijn overvolle blaas.

'Waarom kunt u niet zitten?' vroeg de stewardess en fronste haar voorhoofd. Mooie wenkbrauwen gingen een beetje omlaag. Haar ogen vlogen in een wip over mijn lichaam om eventuele handicaps te ontdekken, maar toen ze zag dat ik geen zichtbare fysieke gebreken had, bewoog ze haar hand naar een vage plaats in het vliegtuig bij wijze van afwimpeling.

'Alstublieft,' zei ik. 'Ik moet echt naar de wc.'

'Mevrouw...' zei ze, haar stem geladen door het beheerste ongeduld, 'gaat u alstublieft zitten.'

'Het duurt toch nog minstens een kwartier!' ging ik stug verder. 'En ik ben zo klaar!'

Ze was onverbiddelijk. 'Gaat u zitten, alstublieft.' O jee. De training van die stewardessen maakte het niet makkelijk voor arme sloebers zoals ik, die gewoon het slachtoffer van de omstandigheden werden. Er kwam een man voorbij die per ongeluk tegen mijn rug duwde toen hij zich langs me wrong. De stewardess bleef onvermurwbaar. 'U houdt andere mensen op. Wilt u alstublieft naar uw plaats gaan, uw handbagage in het kastje boven uw hoofd leggen en gaan zitten?'

Van het ene op het andere moment had ik er schoon genoeg van. Het was vandaag al niet mijn beste dag: in plaats van lekker in de mediterrane avondzon aan een glaasje wijn te zitten, werd ik door omstandigheden gedwongen om in de totaal sfeerloze omgeving van een luchthaven uren te wachten, ik had honger want dat ene broodje was allang verteerd, ik had ook dorst en ik had een dof kloppend gevoel achter mijn ogen dat een voorbode was van hoofdpijn. Mijn contactlenzen irriteerden. En ik moest plassen. Heel erg nodig. Plotseling zette ik een kleine stap naar voren zodat mijn neus bijna tegen de kin van de veel langere stewardess kwam.

Ik schreeuwde niet. Integendeel. Ik praatte zo zacht en zo laag dat het bijna fluisteren was. Er ging een onmiskenbare dreiging van uit, zonder dat ik daar enige moeite voor hoefde te doen. 'Ik moet nu plassen, anders plas ik dadelijk op de stoel van uw mooie vliegtuig.' Ze knipperde heftig en ik praatte nog wat zachter. 'Ik heb een urineweginfectie en het is zo zuur als soep die bedorven is in de zomer. Het ruikt sterker dan de plas na het eten van asperges. Dus als u niet met een stinkend vliegtuig vol kotsende passagiers wilt zitten, laat u mij nu naar de wc gaan.'

Het verdiende een Oscar, echt waar. Ja, nu was Juffrouw Geduld eindelijk wel van haar stuk gebracht. De belofte van iets (wat dan ook) op de zitting van de stoel was genoeg om haar te doen zwichten. Ze slikte met samengeknepen lippen, knikte, drukte met haar vrije hand het deurtje van het smalle toilet open en liet me erdoor.

Ik wurmde me naar binnen, rukte mijn spijkerbroek los en liet me meteen op het toilet neervallen, zonder me druk te maken over een schone bril of een wc-dekje. Ik moest, en door een lelijke leugen kón ik het nu tenminste laten lopen. Een diepe zucht van verlichting, een geleegde blaas en een minuutje later nam ik mijn plekje in.

Natuurlijk nam de stewardess later wraak door mij te 'vergeten' tijdens het rondbrengen van een hapje en een drankje, was mijn later gebrachte maal zo koud dat ik het onaangetast retour moest laten gaan en stootte ze steeds 'per ongeluk' tegen me aan als ze voorbijkwam. Het schemerde al toen de lampjes *fasten seatbelts* aanfloepten en ik, anderhalf uur na het opstijgen maar op mijn horloge maar een halfuur later, naar buiten keek en lichtjes zag. Aberdeen.

Ik rustte met mijn hoofd tegen de steun en sloot mijn ogen. Was Stijn er maar. Ik had hem een paar sms'jes gestuurd, tegen beter weten in, waarin ik hem vertelde waar ik heen ging en wat er aan de hand was. Hij zou de berichtjes onmogelijk kunnen ontvangen, zo midden op zee, zonder bereik. Stijn was dan wel gemakzuchtig, maar hij hield van actieve vakanties en dit was typisch iets voor hem: buiten het bereik van iedereen zich overgeven aan de elementen. Een paar jaar geleden was hij min of meer bij toeval terechtgekomen aan boord van een kotter waarmee op tonijn en marlijn werd gevist en hij was er meteen weg van. Sindsdien bracht hij elk jaar een paar weken door op zee.

Ik miste hem. We zagen elkaar normaal gesproken bijna dagelijks. Stijn en ik hadden altijd een goeie band gehad, hoewel we net zo veel of net zo weinig gemeen hadden als iedere andere broer en zus. We waren verschillend en toch ook in vele opzichten hetzelfde. We hadden ooit in dezelfde omgeving, heel dicht op elkaar, maanden samen doorgebracht. Het kon niet anders of je ontwikkelde een speciale band als je negen maanden lang, zo vroeg in je leven, een minuscule ruimte deelde met iemand anders. Vaak deden we dezelfde dingen op hetzelfde moment, dachten we op dezelfde manier over zaken en wisten we van elkaar wat er speelde zonder erover te hoeven praten. Het bekende voorbeeld van tweelingen die elkaar belden op hetzelfde moment, pijn deelden, angst of vreugde: dat gebeurde bij ons ook. Niet doorlopend en niet voorspelbaar, maar wel met enige regelmaat. De band die eeneiige tweelingen hadden was per definitie veel sterker, eenvoudigweg omdat het genetisch bepaald was en de X en de Y bij ons dat verhinderden; maar Stijn en ik zaten op een niveau dat daar heel dichtbij kwam. Omdat we qua uiterlijk zo weinig op elkaar leken, was het nog verrassender voor de buitenwereld. Vermoeid harkte ik met mijn handen door mijn lokken en keek afwezig naar de haren die tussen mijn vingers achter waren gebleven.

De vlucht was – afgezien van de stewardess met PMS – godzijdank probleemloos verlopen, maar ik was onrustig en gespannen, had mijn nagels al bijna tot bloedens toe afgekloven en was blij dat mijn buurman lag te slapen omdat het er vreselijk uitzag. Voor de zoveelste keer had ik de informatie in de papieren doorgenomen, geprobeerd om te begrijpen wat er allemaal gebeurde en wat mijn oudoom ertoe had aangezet om een achterneef en -nicht die hij jaren niet meer gezien had een huis te schenken. Om het vervolgens niet te melden. Dan sprongen mijn gedachten weer naar wat ik kon verwachten en dat vond ik een heel akelig gevoel. Ik wist niets van Schotland, afgezien van dat het bij het Verenigd Koninkrijk hoorde en dat men daar aan de andere kant van de weg reed. Ik was één keer twee dagen in Bristol, Engeland, geweest en bijna onder een auto gelopen omdat ik de verkeerde kant op keek toen ik wilde oversteken. Waar lag dat Fillkennagh eigenlijk? Ik wist vaag dat Aberdeen aan de Noordzeekant van Engeland – pardon, Schotland – lag, maar daar hield het wel mee op. De Falklands, die lagen ten noorden van Engeland, dat wist ik wel. Moest ik die kant op of juist meer naar het westen?

Hoe meer ik erover nadacht, hoe meer ik tot de conclusie kwam dat ik als een kip zonder kop gereageerd had. Welke idioot zou zomaar, zonder enige voorbereiding, op het vliegtuig stappen na een halfgaar telefoontje van een totale onbekende die zei dat je maar eventjes naar Schotland moest komen?

Ik dus.

En dat belachelijke ultimatum! Voor morgen middernacht komen, anders wordt de boel eigendom van iemand anders! Mijn doemdenken en bijbehorend zuchten hadden mijn buurman ook bereikt, want hij was wakker geworden en keek me verstoord aan. Hoewel hij niets tegen me zei en ik ook niet tegen hem, wist ik dat hij weinig op had met de zenuwpees die onophoudelijk aan de zoom van haar vest zat te frunniken.

Toen het vliegtuig was geland en eindelijk uitgetaxied was, wist ik niet of ik opgelucht kon zijn of nog nerveuzer moest worden. Als het Bellar maar gelukt was om iets te regelen! Anders stond ik hier met...

... O, verhip!

Ze hadden hier geen euro's. Ponden! Waar moest ik die nu weer zo vlug vandaan halen? *Relax, Es, je hebt je creditcard bij je, dat is één. En met je bankpas ruk je zo wat ponden uit een flappentap.* Was Schotland niet nogal achtergesteld, vooral zo noordelijk? Hadden ze hier wel geld-uit-de-muur en internetverbindingen? *Esther! Stel je niet zo belachelijk aan! Je gaat niet naar een ontwikkelingsland!*

Het vliegveld van Aberdeen was klein, veel kleiner dan ik me had voorgesteld, en er kwam ook geen slurf waardoor ik naar de hal moest lopen. Een karretje trok een verrijdbare trap voor en de stewardess trok de deur open. Het was alsof ik plotseling een koelkast in stapte! Mijn God! Wat was het hier koud. In het vliegtuig was het ook niet al te warm geweest, maar dit benam me de adem.

'*Chilly wind*,' hoorde ik achter me zeggen. De gezagvoerder had omgeroepen dat het tien over halftien was bij aankomst en veertien graden Celsius, maar hij had verzuimd te vermelden dat Aberdeen werd geteisterd door een Noordpoolwind van jewelste. Het motregende ook nog en in stilte vervloekte ik mezelf dat ik mijn spijkerjack in mijn koffer had gestopt. Maar ja, dat was voordat ik wist dat ik niet naar het zonnige zuiden zou gaan! Ik trok mijn vest wat dichter om me heen, slingerde mijn rugzak over mijn schouder en liep zo snel mogelijk de trap af.

'Beterschap met uw urinewegen. Erg lastig als je plas zo

stinkt,' riep de stewardess in luid en duidelijk Engels toen ik halverwege de trap was. Tang! Gelukkig was het vliegtuig nog niet uitgeloeid en gingen haar woorden voor het grootste deel verloren in het lawaai.

Helaas. Niet helemaal. De man die naast me had gezeten keek me zo vuil aan dat ik ter plekke het loodje had gelegd als blikken konden doden.

Vlug liep ik tussen de andere mensen door naar de aankomsthal om op zoek te gaan naar mijn bagage, en toen pas kwam het eerste lichtpuntje in zicht. Aan de andere kant van een glazen scheidingswand zag ik een bordje: *Miss E. Williams*. Het werd vastgehouden door een man die tussen de reizigers speurde naar degene die bij die naam zou kunnen horen.

Het liefst was ik dwars door het glas heen gesprongen om te roepen: 'Hier ben ik!' Maar ja, mijn koffer was er ook nog en het stond waarschijnlijk niet heel erg erfgenaamachtig om zo te doen. Ik moest natuurlijk wel kalm en beheerst en volledig op de hoogte overkomen. De sms'jes stroomden binnen: tien in totaal, van Veronique en van Tanja en een paar van de provider die in Schotland actief was. Er was geen bericht van Stijn, en juist van hem wilde ik zo graag iets horen! Terwijl ik wachtte op mijn koffer, stuurde ik berichtjes terug naar Veronique en Tanja, dat ik goed was aangekomen en dat er al iemand op me stond te wachten. Een paar minuten later kreeg ik weer een sms'je met: *Houd ons op de hoogte. Pas goed op jezelf.*

Een kwartiertje later trok ik mijn zware koffer van de band. Gelukkig was dat goed gegaan, want die dingen schenen zo nu en dan ook een eigen leven te leiden. Ik passeerde de douane en stond even later oog in oog met mijn chauffeur. Een paar jaar ouder dan ik, gekleed in een spijkerbroek, een dik bruin jack met leren elleboogstukken en daaronder een geruit overhemd. Hij droeg laarzen die er modderig uitzagen. Hij had wel wat van Indiana Jones in zijn jongere jaren. Alleen de flaphoed ontbrak.

'Miss E. Williams?' vroeg hij.
'Dat ben ik,' knikte ik.
'Laten we gaan,' zei hij meteen.
So far, so good. Ik was in Schotland en mijn lift was er ook.

3

Indiana Jones stelde zich voor als Frank O'Malley, nam zonder iets te zeggen mijn koffer van me over en ging me voor naar zijn auto. Het was een Jeep, die werkelijk van onder tot boven onder de modder zat, wat zelfs in het gele natriumlicht van het parkeerterrein nog erg goed zichtbaar was. Voor me zag ik een beeld van Indiana Jones die met de vierwielaandrijving door de blubber scheurde, achter de slechteriken aan. Hij zag me kijken en grinnikte. 'Geen zorgen. Van binnen is-ie schoon en warm.'

Warm. Dat klonk goed. Het was kil en ik klappertandde toen een windvlaag over het parkeerterrein van het vliegveld blies. En ik had nota bene mijn warme vesten en spijkerbroeken teruggelegd in de kast! Argh! 'Is het hier altijd zo koud?' vroeg ik bibberend toen ik wilde instappen. Frank grinnikte opnieuw. 'Wil je zelf rijden? Jasmin heeft gezegd dat je geen rijbewijs hebt.'

Even begreep ik hem niet, maar toen zag ik dat ik niet aan de kant van de bijrijder stond, maar aan de bestuurderszijde. O ja. Auto's reden hier links, en dus zat het stuur rechts. 'Sorry,' mompelde ik en liep vlug naar de andere kant. We stapten in, Frank startte de motor en niet veel later lag het vliegveld achter ons. Ik wist niet zo goed wat ik moest zeggen en deed er dus maar het zwijgen toe. De autoradio stond aan en ik liet de muziek over me heen komen, terwijl ik weer een beetje op temperatuur kwam.

'Bedankt dat je wilt rijden,' zei ik na een poosje. 'Ik ben nog nooit in Enge… Schotland geweest.'

'Er gaan wel treinen naar Durran, dat ligt in het noorden, of Ullapool, dat ligt ten zuiden van Fillkennagh. Maar dan moet je nog een heel eind en dat valt op dit uur van de dag niet mee.' Ik zag dat Frank glimlachte, blijkbaar had ik een goede snaar geraakt toen ik mezelf net op tijd verbeterde. Gelukkig. Elk punt was er een.

Hij wees naar rechts en ik volgde zijn uitgestoken hand. Tegen het glooiende land lag een ware zee van lichtjes. 'Aberdeen,' zei hij. 'Mooie stad, maar wel erg druk. Als je tijd hebt, moet je er maar eens gaan rondkijken. De universiteitsgebouwen zijn erg mooi en in het centrum zitten leuke winkels.'

Verbaasd keek ik naar de omvang van die lichtjesdeken. 'Het is zo groot,' zei ik.

'Tweehonderdduizend inwoners,' zei Frank prompt.

Goh. Bij Aberdeen had ik me een veel kleinere plaats voorgesteld. 'Woon je daar?' vroeg ik.

'O nee, voor geen goud! Veel te vol, veel te druk, veel te veel mensen. Ik krijg het al benauwd van Inverness, en dat is veel kleiner. Nee, ik woon in Brackloch.'

Die naam had ik eerder gehoord, en Inverness was ik een keer tegengekomen in een of andere detective. 'Brackloch,' herhaalde ik, alsof ik de naam op mijn tong wilde proeven. Frank lachte en haalde een trage voorganger in. Hij trapte 'm stevig op zijn staart, Frank hield niet van treuzelen. 'Dat spreek je goed uit!'

'Wat?'

'De ch-klank aan het eind.'

Toen moest ik lachen. Als Nederlandse had ik geen moeite met een ch of een harde g, maar die speciale Schotse r vond ik minder makkelijk. 'Hoe ver is het ongeveer rijden?' vroeg ik.

Frank gaf richting aan en reed een snelweg op. 'Als alles meezit, zijn we tegen halfdrie vannacht in Fillkennagh.'

'Halfdrie?!' Was tweehonderd mijl zo ver?

'De wegen zijn hier nogal moeilijk begaanbaar,' zei Frank en wees toen over zijn schouder naar de achterbank. 'Er zit een thermoskan in die tas. Als je zin hebt in een kop thee?'

Thee. Heerlijk. En ik had ook honger, mijn maag knorde en rommelde. Ik hengelde de tas naar voren en schonk thee in de dop van de thermoskan. Hij was gloeiend heet en rook nogal sterk. 'Er zitten ook nog een paar *rolls* in,' zei Frank, knikkend naar de tas. 'Met de complimenten van Jasmin Bellar. Ze dacht dat je wel honger zou hebben. Je bent halsoverkop vertrokken, hè?'

Ik knikte en vertelde hem kort hoe mijn dag was verlopen, en daarna zette ik hongerig mijn tanden in het koffiebroodje, want dat bleek de *roll* te zijn. De sterke thee leek wel vloeibaar asfalt: niet te drinken! Maar het leek me onbeschoft om wat ik in mijn mond had terug te spugen in de dop en dus slikte ik het dapper door. Huh! Was dit Engelse thee of Engels teer?

Frank zei niet veel. Hij reed snel en geconcentreerd door de duisternis. We waren omringd door zwartheid. Het was zo verschrikkelijk donker dat ik opeens moest denken aan een artikel over lichtvervuiling dat ik eens gelezen had. Dat je alleen maar echt goed de sterren kon zien als het om je heen écht donker was. Dat was in Nederland allang niet meer zo. Er was zo veel strooilicht, zelfs als er geen straatverlichting bij je in de buurt brandde, dat het zicht op het heelal daardoor afnam. Nu begreep ik wel wat de schrijver bedoelde met 'lichtvervuiling', maar helaas was het zulk onaangenaam kil en vochtig weer dat ik geen enkele behoefte had om te stoppen en naar de lucht te gaan staan kijken. De ruitenwissers moesten regelmatig aan.

Hoewel het te donker was om buiten iets te kunnen onderscheiden, kon ik wel voelen hoe het hier was: heuvelachtig. Ik merkte het aan mijn oren en aan de lichte misselijkheid die zich in mijn maag begon te manifesteren. Omdat ik Frank niet wilde lastigvallen, probeerde ik dat zo goed en kwaad als het kon voor hem verborgen te houden. Hij moest vooral niet denken dat ik zo'n sukkeltje was uit Nederland dat van een eindje rijden al beroerd werd.

Maar na een kwartier stond het zweet me op mijn voorhoofd. 'Frank,' zei ik na de zoveelste keer slikken om het opkomende speeksel weg te krijgen, 'wil je even stoppen?'

‘Liever niet. Wat is er?’

‘Ik voel me niet zo goed,’ zei ik lichtelijk paniekerig. Het was alsof ik een toverwoord had gezegd. Met een ruk aan het stuur schoot Frank van de weg af en de berm in, reikte voor me langs en duwde het portier open. In dezelfde beweging drukte hij op de knop om mijn riem los te maken en het scheelde niet veel of hij had me de auto uitgeduwd. Ik stapte naar buiten en ademde de koude lucht diep in. De misselijkheid zakte zo snel weg dat ik het me verbeeld zou kunnen hebben, als ik niet nog steeds zo klam was.

‘Heb je geen jas bij je?’ Frank dook naast me op. Hij ritste net zijn jack dicht en fronste zijn wenkbrauwen bij het zien van mijn vest, waar de wind aan rukte.

‘Niet echt, alleen maar een spijkerjackje. Ik heb gepakt voor een vakantie aan de Franse Rivièra, niet voor poolwind en ijzige motregen,’ zei ik bits. Het licht van de koplampen en het gebrom van de motor waren de enige tekens van leven in de omgeving. Als je hier met pech kwam te staan, zat je goed in de problemen.

‘Wil je wat drinken?’ vroeg Frank opeens wat milder en hield me een metaalkleurig heupflesje voor. Dat was onverwacht, ik had nog meer van die zwarte teerachtige massa verwacht. ‘Nee, dank je. Mijn maag is van streek, maar het gaat alweer. Het koffiebroodje is niet goed gevallen, geloof ik.’

Frank keek op zijn horloge. Hij moest de wijzerplaat naar de autoverlichting draaien om wat te kunnen zien. ‘Kun je het nog even volhouden? Een kilometer of twintig verder is een eettentje waar we wat te eten en te drinken kunnen krijgen, en ik moet ook tanken. Daar houden we een fatsoenlijke pauze, dan kun je even naar de wc en zo. Het is nog een hele ruk.’

Ik knikte aarzelend. Ik had echt geen zin om weer terug in de auto te stappen, maar ik wist ook best dat we hier niet langs de kant van de weg in niemandsland konden blijven staan. We wachtten nog een paar minuten totdat het verlammende gevoel in mijn knieën ook weg was en reden toen naar Betsy's Inn.

'Je spreekt goed Engels,' zei Frank, toen we even later achter geurige kippensoep met brood zaten.

Ik glimlachte erkentelijk. 'Iedereen in Nederland spreekt Engels. Iedereen behalve mijn vader en moeder. Daardoor zit ik nu hier.' Het was aan Frank te zien dat hij niet wist waar ik het over had. 'Wat heeft Jasmin Bellar je verteld?'

'Dat er iemand uit Nederland kwam die van Aberdeen naar de westkust moest, en dat ze in de buurt van Brackloch moest zijn. Of ik haar op kon halen en mee kon nemen.'

De soep was heerlijk. 'Doe je dat wel vaker? Zomaar iemand meenemen?'

Frank sopte zijn brood in de soep en stopte dat in zijn mond. 'Het is hier dunbevolkt. Als je elkaar zo kunt helpen, moet je dat doen. Ik moet regelmatig in Aberdeen zijn en het is geen moeite.' Het was moeilijk om Frank te peilen. Hij had een vriendelijke, rustige uitstraling, maar tegelijkertijd was hij behoorlijk gesloten. Ik besloot dat ik hem mocht. Niet iedereen zou zomaar een wildvreemde meenemen van de ene naar de andere kant van het land.

Frank droeg geen ring. Ik vond hem best een type om getrouwd te zijn en op zaterdag te voetballen met stoere jongetjes die een Schotse versie van pindakaas op hun boterhammen smeerden. Niet dat zo'n ring nou alles zei. Ik kende best wat mensen die al jarenlang met dezelfde partner samen waren en geen ring droegen.

'Waar in Fillkennagh moet je precies zijn?' vroeg Frank, mijn gepeins onderbrekend. Hij lepelde de soep naar binnen.

'Castlerock Road.' Het adres had ik zo vaak bekeken tijdens de vlucht dat ik het nu wel kon dromen. 'Ik heb een huis geërfd van mijn oudoom.'

'Op Castlerock Road?' Frank wist dus niets van de reden

waarom ik hier zo halsoverkop heen gekomen was? Zijn lepel bleef in de lucht hangen.

'Ja. Marble House heet het. Ken je het? Is het groot? Hoe ziet het eruit?' vroeg ik gretig.

'Ik weet waar het is, maar ik ben er nooit binnen geweest,' antwoordde hij.

'Mijn oudoom, Leo Williams, is vorige maand overleden en omdat mijn ouders geen Engels spreken is alle correspondentie over dat huis een jaar lang ongelezen de vuilnisbak in gegaan.' Ik lachte zachtjes. 'Ze dachten dat het reclame was, moet je nagaan. Bij toeval kreeg ik Jasmin Bellar aan de telefoon en nou ja, de rest weet je.'

'Niet echt,' zei Frank hoofdschuddend, maar hij ging er niet op in en ik was te moe om het allemaal te vertellen. Dat kwam nog wel. 'Eet je soep maar op, dan gaan we. Het is nog een heel eind.'

Het gesprek kwam daarmee nogal abrupt ten einde. In stilzwijgen aten we ons maal op en nadat Frank de hartelijke Betsy betaald had, reden we verder, de stille donkere nacht in.

*

Stiekem had ik gehoopt dat Frank een beetje te royaal geschat had toen ik vroeg hoever het rijden was, maar het klopte helaas behoorlijk goed. Om kwart voor drie stopte hij in het nachtelijke donker voor een laag stenen muurtje met een houten hekje dat tot mijn heupen kwam, en daarachter lag een donkere massa. Er was geen maanlicht en het zag eruit als een ongastvrije grauwe hoop stenen. In de verre omtrek was geen lantaarn te bekennen, en toen Frank de motor afzette werd alles in duisternis gehuld.

'Hier is het,' zei Frank en keek over mijn schouder mee. 'Waar is de sleutel? Dan draag ik je koffer wel naar binnen.'

Moeiteloos tilde hij het zware ding uit de achterbak van de Jeep.

Eh… Nou dat weer. Ik had helemaal geen sleutel!

Frank hoorde me haperen voordat hij mijn gezicht zag, duwde resoluut het hekje open en liep naar het huis. De bomen die langs het pad naar de deur stonden, zwiepten wild heen en weer door de harde wind en de bladeren ruisten alsof er iets onheilspellends tussen de takken woonde. Ik wist niet goed wat ik moest doen en stond er een beetje hulpeloos bij, terwijl Frank op onderzoek uitging. Toen, vanuit het duister: 'Esther?' wat zoveel impliceerde als: *kom maar*, en ik liep behoedzaam onder de bomen door naar de voordeur.

Voor wat ik er zo uit kon opmaken, was het huis niet heel groot, en waarschijnlijk gelijkvloers, hoewel dat niet echt goed te zien was. Franks gezicht was een lichte vlek in het donker en ik liep voorzichtig naar hem toe, uitkijkend dat ik niet over mijn eigen voeten zou struikelen of over iets wat op het pad lag en onzichtbaar was in de nacht. Verstijfd bleef ik op het pad staan en gaf een kreet toen er iets langs mijn haar streek. Angstig sloeg ik ernaar, om tot de ontdekking te komen dat het een tak was die met een klap niet wegging. Toen opeens, bij mijn voeten, schoot er iets weg. Ik hoorde het geritsel en de plotselinge geluiden van een dier. Wat was dat? Een zwerfkat of een… Eng beest? Een rat? Een – God bewaar me – slang? Iets wat uit was op mijn vlees of mijn bloed? Wat me met één beet naar een ander niveau in mijn leven zou sturen?!

'Dat is maar een *hedgehog*,' stelde Frank me gerust. 'Je hoeft niet zo paniekerig te doen.'

'Wat is een *hedgehog*?!' bracht ik er met moeite uit en liep met stijve benen achter hem aan. Ik kende dat woord wel, maar wat was het ook alweer?

'Een klein beest met stekels. Hij snuffelt de grond af naar iets eetbaars en rolt zich op als hij bang wordt.'

Een egel, zei iets in mijn achterhoofd. Levensgevaarlijk,

immens groot, bloeddorstig… 'O. Ik snap het.' Lichtelijk beschaamd keek ik langs Frank de gang in en stapte naar binnen. Het was er erg donker, ik kon geen hand voor ogen zien.

'De verlichting doet het niet,' zei Frank toen ik, door mijn mobieltje aan te zetten, de gang kon voorzien van een zwak lichtje om de schakelaar te vinden. 'De hoofdschakelaar staat misschien uit.' Hij wenkte me om hem te volgen en met mijn mobieltje als een zaklamp voor ons uit vonden we uiteindelijk de meterkast, naast de keukendeur. Frank trok de deur open, zette een schakelaar om en meteen sprong het licht in de gang aan. Ik zuchtte van opluchting: ik had mezelf alweer zien rondscharrelen in het donker tot aan de morgenstond. Brrr…

'Zo,' zei hij en veegde zijn handen over elkaar. 'Dat doet het.' Uit zijn broekzak haalde hij een klein voorwerp. 'De sleutel. Raak 'm niet kwijt.'

'Hoe kom je daaraan?' vroeg ik verbaasd en nam de sleutel aan.

'Hij lag onder de bloempot naast de voordeur. Onder de mat is plek één, onder de bloempot plek twee, boven op het kozijn plek drie. Bij twee had ik al beet.'

Ik kon me niet voorstellen dat mensen zo hun sleutel bewaarden. Dan kon toch iedereen naar binnen sjouwen wanneer ze daar maar zin in hadden?! 'Maar… Wist je dat dan?'

'Nee. Het was een *educated guess*,' zei hij. 'Kun je je verder redden?'

Ik keek om me heen. Alleen in de gang was nu het licht aan, maar verder zou het allemaal ook wel werken en het zou vast lukken om het hier tot morgenochtend uit te houden. Dus knikte ik.

'Goed, dan ga ik verder,' zei hij. 'Nog een paar uur, dan wordt het alweer licht.'

Ik stak meteen mijn hand uit. 'Ontzettend bedankt voor je hulp. En het eten bij Betsy's. Morgen haal ik geld en dan zal ik je betalen voor de benzine en voor het eten. Of wil je het liever naar je bankrekening overgemaakt krijgen?'

Frank glimlachte geamuseerd terwijl hij mijn hand aannam. 'Niet nodig. Zorg maar dat je hier regelt wat je moet regelen. Tot ziens, Esther.'

'Tot ziens, Frank. Nogmaals bedankt.'

Nog voor ik iets anders kon zeggen, liep hij me voorbij, de kleine gang door en het pad af naar buiten. Opeens wilde ik niet dat hij vertrok. Als Frank ging, viel het enige stabiele hier weg. Ik wist niet waar ik moest zijn, wat ik moest doen, hoe ik het moest doen... 'Frank!' riep ik toen hij bijna bij de Jeep was, en zo goed en kwaad als het kon snelde ik over het pad naar het hekje. 'Wat is je telefoonnummer?'

'Er is een garage op de weg naar Brackloch,' zei hij en trok het portier open. 'Als je me nodig hebt, kun je me daar bereiken.' Een knikje en een glimlach, het geronk van de motor die tot leven kwam, koplampen die aansprongen: dertig seconden later was de Jeep achter de donkere heuvels verdwenen. Ontredderd stond ik tegen het hekje geleund terwijl de achterlichten van de Jeep in negatief op mijn netvlies nagloeiden. Het was opeens of mijn ledematen tien keer zo zwaar waren geworden, alsof met het vertrek van Frank de zwaartekracht opeens toegenomen was. Vermoeid sjokte ik terug naar binnen.

*

Stilte. Een haan die kraaide. Nog meer stilte. Een... Wat was dat? Kikkers? Nog meer vogelgeluiden. Getrippel van vogelpootjes op het dak. In de verte geblaf van een hond. Dat alles was omgeven door een merkwaardige, dikke deken van stilte. Ik werd er wakker van.

Knipperend met mijn ogen kwam ik tot leven. Ik lag op een bed waarvan de geur me totaal niet bekend voorkwam, onder een donsdekbed zonder overtrek waar vergeelde stukken in zaten. Het was alsof ik in een andere dimensie binnen was gekomen. De gebeurtenissen van gisteren leken allemaal zo ver weg en zo onwaarschijnlijk, dat het wel een droom had kunnen zijn. Maar de stilte van de omgeving, het uitblijven van voorbijkomend verkeer, de afwezigheid van studenten die na een nacht stappen luidruchtig huiswaarts keerden, van de eindeloze stroom bewegingen die altijd in mijn straat aanwezig was – door dat gemis besefte ik dat ik werkelijk in Marble House, Castlerock Street, Fillkennagh, Schotland beland was. Het was hier stil. Zo stil dat de diepte ervan me met een schreeuw wakker had gemaakt.

Afgelopen nacht had ik alleen maar vluchtig rondgekeken in het huisje. Omdat ik niet overal de lichtknopjes kon vinden, had ik dat maar met een half oog gedaan. Bovendien was ik te moe om het echt in me op te nemen. Marble House was een typische *English cottage*, een klein vrijstaand huisje opgetrokken uit grote, ruwe stenen met houten kozijnen en deuren, en een leistenen dak. De keuken was een aparte ruimte en achter een eenvoudig ingerichte badkamer lag één slaapkamer. De huiskamer was bijna vierkant en er was ook een soort opkamertje waar een oud bureau in stond. Het was schemerig, overal in huis, en het duurde even voordat ik begreep dat niet de gordijnen (afschuwelijk oudroze met bleekblauwe bloemetjes) maar stevige houten luiken aan de buitenkant het licht buiten hielden. Hier en daar zaten spleten en kieren in de luiken. Daglicht piepte erdoorheen.

Ik zette mijn bril op en keek op mijn horloge. Het was tien over halfnegen. Wauw. Ik had toch langer geslapen dan ik had gedacht, want ik was ervan overtuigd geweest dat ik geen oog dicht zou doen in het vreemde huis. Maar ik was wel doodop, had mijn lenzen uitgedaan, mijn vest en mijn jeans uitgetrokken, was in mijn T-shirt onder het dekbed gaan liggen en vrijwel meteen in slaap gevallen. Plots vond ik het vies in dat vreemde bed en ik glipte eruit. Douchen, iets eten en dan achter die akte aan. Om te beginnen moest ik de batterij van mijn telefoon opladen, want die was van al dat bellen gisteren een heel eind leeg geraakt.

Frank had mijn koffer in de gang gezet en ik rolde hem de huiskamer in, maakte hem open en haalde de oplader, mijn föhn en mijn toilettas eruit. Gelukkig had ik een handdoek ingepakt en ik trok ook schoon ondergoed en een T-shirt en een dunne linnen broek uit mijn zorgvuldig ingepakte koffer. Het rook schoon en naar mezelf, niet de vreemde geur van de herinnering die hier geleefd had.

De eerste tegenslag kwam toen ik de stekker van mijn oplader in het stopcontact probeerde te steken. De wandcontactdoos had drie in plaats van twee gaten en die waren niet rond maar rechthoekig. Ik keek als een onnozel schaap naar het stopcontact en terug naar de oplader. Dat paste niet. Op een andere plek misschien? In de keuken stond een koffiezetapparaat, de stekker was uit het stopcontact gehaald en lag op het aanrecht, maar het was hetzelfde verhaal. Shit. Ik keek de andere elektrische apparaten na, idem. De stekkers zaten hier anders in elkaar, en de stopcontacten dus ook. Fijn, dat begon al goed.

De apparatuur in de keuken was al redelijk oud en bedekt met een laagje stof, maar zag er verder fatsoenlijk uit. Ik zou in ieder geval koffie en thee kunnen zetten. Ik liep de kleine badkamer in, draaide de warme kraan van de douche open en terwijl ik wachtte tot het water warm werd, kleedde ik me uit. Het was heel vreemd om in een huis te zijn waar spullen stonden van iemand van wie ik wist dat hij dood was. Een scheermeshouder in een bakje, uitgedroogde zeep op de houder, een tandenborstel en een kam op het planchet, opgerolde handdoeken op een rekje aan de muur. Niets van dat alles was van mij en eerlijk gezegd ging er een huivering door me heen toen ik een paar haren in de kam zag zitten. Dadelijk ging het allemaal linea recta de vuilnisbak in, maar eerst: douchen!

Vergissing.

In dit land kenden ze niet alleen abnormale stekkers; warm water moest hier ook nog uitgevonden worden! Rillend stond ik in de badkamer, mijn hand uitgestrekt onder de koude straal om het warmer te voelen worden, maar het werd geen graadje minder koud. Wel verd…

Net toen ik dacht dat ik niet meer gefrustreerd kon raken, hoorde ik een bekend geluidje: mijn telefoon! Ik werd gebeld! De handdoek die ik omgeslagen had schoot los en in mijn blootje rende ik naar de kamer waar mijn telefoon op tafel lag. Vlug, vlug voordat ik te laat was en mijn beller al opgehangen had! Het was Veronique.

'Veer! Godzijdank, wat ben ik blij dat jij het bent!'

'Lieverd, waar ben je ergens? Hoe is het allemaal gegaan?' Veroniques stem kwam met wat vertraging over, een seconde of zo, zodat het leek alsof ik naar een slecht nagesynchroniseerde film luisterde.

'Ik ben in het huis van oom Leo, vannacht om halfdrie was ik er,' begon ik en vertelde daarna wat er allemaal was gebeurd vanaf het moment dat wij afscheid namen. 'Ik probeer net onder de douche te gaan, maar het water is ijskoud. En ze hebben hier ook andere stopcontacten, ik kan mijn föhn niet gebruiken en ik moet nog zien hoe ik mijn telefoon opgeladen moet krijgen.'

'O, maar dat kon ik je ook wel vertellen,' riep Veronique. 'Niet van dat water, maar van die stekkers en zo. Je kunt er van die verlengdingen voor kopen, die steek je in het stopcontact en daar kun je dan een Nederlandse stekker insteken.'

Een verlengdíng? Dat was duidelijk. 'En waar haal ik zoiets?'

'In de plaatselijke onderdelenwinkel natuurlijk. Maar ik zou eens een paar laden opentrekken. Als jouw oom daar Nederlandse dingen wilde gebruiken, zal hij er misschien ook wel een paar gekocht hebben.’

‘Nederlandse dingen, een verlengding – duidelijk. Straks ga ik naar – AAAAAH!’

Opeens baadde de kamer in het zonlicht omdat de luiken opengedaan werden, en ik stond oog in oog met een man die aan de andere kant van het glas stond en die mij sprakeloos aankeek. Ik griste het eerste het beste wat onder mijn handen kwam van de bank en drukte dat tegen me aan. Zo stonden we daar: ik, met het versleten roze geblokte kussen voor me, als een karikatuur uit een chickflick, en hij als het overdonderde wezen dat van Mars kwam en naar mij staarde met een open mond en ogen als schoteltjes.

Het duurde een eeuwigheid. Of misschien een paar tellen. Toen zette hij geschrokken een stap achteruit en hij moest ergens zijn evenwicht over verloren hebben, want nogal abrupt verdween hij plotseling uit het kader dat hem omlijst had.

‘Es? Esther, wat is er aan de hand?’ hoorde ik Veronique schreeuwen. Ze was zich natuurlijk wild geschrokken toen ik zo plotseling gegild had, dus ik griste mijn mobieltje van de bank en siste: ‘Er staat iemand voor het raam. Bel je zo terug.’ Voordat Veronique kon reageren hing ik op, rende naar de slaapkamer en schoot een broek en een shirt aan. Toen greep ik de paraplu die bij de voordeur in een metalen bak stond en trok behoedzaam de deur een stukje open.

Knipperend tegen het felle zonlicht zette ik een stap naar buiten, waar de vreemde gast van net probeerde om een rozenstruik weer in model te krijgen. Zijn bewegingen waren nerveus en hij hield zijn blik op de rozerode bloemen gericht. Ik kuchte.

De jongeman draaide zich zo snel om dat het leek of hij door een wesp gestoken was. Onder een stugge toef stroblond haar zag ik blozende wangen, een blond waas van tweedagenstoppels en de meest helderblauwe ogen die ik in lange tijd gezien had. Het was ook de eerste keer van mijn leven dat ik in het echt een man zag die een rok droeg. Pardon, een *kilt*. Eronder geen kniekousen met flosjes en glimmend zwarte herenstappers, maar stevige bergschoenen. Tussen de kilt en de schoenen zag ik gespierde benen met schrammen van de rozenstruik.

'Wie ben jij?' vroeg ik. Ik probeerde niet te veel te kijken naar zijn kilt en concentreerde me op zijn gezicht. Wat een jochie nog. Veel ouder dan twintig kon hij niet zijn.

'Hugh! Mijn naam is Hugh Osmond!' haastte hij zich te zeggen. 'Het spijt me verschrikkelijk, ik heb niks gezien, echt niet, hoor! U was... Ik bedoel, ik had niet verwacht dat... Het is al zo lang geleden dat hier iemand... Meneer Leo heeft helemaal niet gezegd dat er iemand zou komen en...'

'Wat doe je hier?' onderbrak ik hem, want ik had het idee dat hij door zou blijven ratelen totdat ik iets zou zeggen.

'Ik ben de beheerder! U moet niet denken dat ik hier ben om iets te stelen of zo! Nooit! Dat zou ik niet doen. Ik zou het niet durven. Ik bedoel niet dat ik het zou doen als ik het wel zou durven, maar ik ben geen dief en ik zou nooit zomaar iets meenemen zonder het te vragen. Maar als ik iets zou meenemen, zou ik het altijd zeggen, ik bedoel, u bent er dan wel niet eerder geweest, maar ik zou wel een briefje neerleggen of zo, zodat u weet dat ik hier was en iets meegenomen had, wat ik nooit doe, hoor, maar...' Hij ging steeds vlugger praten en zijn Schotse accent was zo sterk dat ik me moest inspannen om het goed te kunnen verstaan. Er was geen ondertiteling die ik even kon raadplegen.

Om hem tot zwijgen te brengen stak ik mijn hand op. 'Ho, ho, niet zo snel, anders begrijp ik je niet. Ik ben Esther Williams, ik kom uit Nederland. Ik ben een achternicht van Leo Williams. Ik ben vannacht aangekomen.'

Hugh Osmond had nog steeds een kleur en ik vroeg me af of dat was omdat hij veel buiten kwam of omdat hij getuige geweest was van mijn naaktheid, wat hem zo te zien heel wat meer van zijn à propos bracht dan het mij deed. Hij schudde mijn hand. Nou ja, schudde – hij kneep me bijna fijn. 'Hugh,' zei hij nog een keer. 'Ik houd hier de tuin en het huis bij. Is meneer Leo er ook?'

Ik schudde mijn hoofd en vertelde dat mijn oudoom een tijdje geleden overleden was. Hugh reageerde door naar zijn zanderige benen te kijken en met zijn wijsvinger over een schram te wrijven. 'Dat spijt me,' zei hij, meer tegen zijn benen dan tegen mij.

'Wanneer heb je hem voor het laatst gezien?' vroeg ik opeens. Misschien kende hij oom Leo wel beter dan ik.

'Vorig jaar in de herfst,' antwoordde hij zonder aarzelen. 'Toen was ik net jarig. Ik kom hier al acht jaar. Toen ik zestien was, vroeg hij of ik wat bij wilde verdienen en sindsdien betaalt hij me ieder jaar om Marble House en de tuin bij te houden.'

Huh? Was deze jongen geen jongen maar een man? Vierentwintig? Hij leek eerder achttien. Hugh haalde zijn schouders op. 'Mijn moeder komt hier al jaren om het huis schoon te maken, dus ik vond het wel best.' Opeens schoot er een vlaag van zorg over zijn gezicht. 'Betekent dit nu dat ik hier niet meer hoef te werken? Dat snap ik wel, maar... Nou ja... Als u me niet kunt betalen, doe ik het toch. Ik bedoel dat niet stiekem of zo, want ik doe het graag, ziet u.'

Ik zag dat er wat bloed opwelde uit de schrammen op zijn benen en gebaarde naar de voordeur. 'Waarom kom je niet even binnen? Dan kun je dat even schoonmaken voordat het gaat ontsteken.'

Hugh schrok nog meer dan net en schudde paniekerig zijn hoofd. 'O nee. Ik wil me niet opdringen en u was net nog... Bloot en zo.'

Ondanks de rare ontmoeting moest ik lachen. 'Ja, en nu heb ik kleren aan. Ik wilde onder de douche, maar het water wordt niet warm. Weet jij misschien hoe dat komt?'

Zijn gezicht klaarde op. 'Ja! De boiler staat uit als meneer Leo er niet is.'

'O. Dus er is hier in geen tijden meer warm water door de leidingen gelopen?' concludeerde ik en bedacht dat die boiler het dadelijk misschien wel helemaal niet meer zou doen.

Misschien stelde ik mijn vraag verkeerd, want Hugh fronste zijn wenkbrauwen en liep voor me uit naar binnen. Aan zijn doelgerichte manier van doen kon ik zien dat hij hier de weg wist, want hij beende direct door naar de keuken, trok een deur open en verdween er met zijn halve lichaam in. Er stond een grote grijswitte tank achter de deur. Hugh keek naar een plaatje waarop gegevens af te lezen waren en dook opeens omlaag. Plotseling kon ik wel begrijpen dat mannen naar vrouwen kijken als ze voorovergebogen staan en een rokje aanhebben. Het gaat vanzelf. Ik kon niet voorkomen dat ik ook keek naar de lap *Tartan*-stof die over Hughs billen viel en me ook nog uitzicht gaf op een paar stevige kuiten.

'Ja,' kwam de stem vanachter de tank, 'de stekker zit er niet meer in. Zo...' Ik hoorde een klikgeluid en enkele tellen later stond Hugh weer rechtop. 'Het moet even opwarmen, maar dadelijk heb je heet water. Als dat rode lampje uit springt, is het water op temperatuur. Dus je kunt je wel weer uitkleden.' Hij had het nog niet gezegd of hij begon nog meer te blozen dan hij al deed, en hij stotterde: 'Eh... Dat bedoel ik niet zo. Houd alsjeblieft alles aan, ik wil het niet nog een keer zien. Wacht, ik wil het wel zien, maar niet... eh... zoals...' Ik kreeg bijna medelijden met hem.

'Ik snap het,' zei ik glimlachend. 'Het is heel duidelijk. Duidelijker kan het niet. Dankjewel.'

Om verdere pijnlijke situaties te voorkomen liep ik naar de kleine badkamer en trok het medicijnkastje open. Er stond niet veel in, maar er was wel een klein flesje waar *desinfectant* op stond. Met een papieren zakdoekje en het naar alcohol ruikende goedje maakte ik de schrammen op Hughs benen en handpalmen schoon. Het was misschien een beetje overdreven, maar ik vond het zielig dat hij achterover in de rozenstruik was gevallen omdat hij zo van mij geschrokken was. Arme jongen. Hij gedroeg zich nog steeds of hij niet eerder in zijn leven een naakte vrouw van dichtbij had gezien.

'Ik... eh... ga maar weer eens,' zei hij, zijn azuurblauwe ogen fonkelend achter zijn snelle geknipper.

'Wacht even, Hugh. Kun je me zeggen waar ik geld kan pinnen? En ik moet op het gemeentehuis zijn, en ook nog naar een garage.'

Praktische zaken, dat was meer wat voor de Schot. Hij knikte, opgelucht dat mijn naaktheid niet weer ter sprake kwam. 'In Fillkennagh is geen bank, daarvoor moet je in Brackloch zijn. En het gemeentehuis is tegenover de winkel van O'Shea. De garage zit op de weg naar Brackloch.' Hij liep naar de keukendeur, schoof de zware grendel opzij en gooide de deur open. 'Ik moet weg,' zei hij.

Ik liep achter hem aan naar buiten, mijn ogen samenknijpend tegen het felle licht van de zon. 'Hugh, waar vind ik dan...' Ik vergat wat ik wilde vragen. Verbijsterd bleef ik staan, één voet op de tegels van het terras, één voet op de stenen drempel.

Het uitzicht vanuit mijn achtertuin was in één woord adembenemend.

Marble House stond boven aan een heuvel en had geen achtertuin in de traditionele zin van het woord. Het keek uit op een enorme, glooiende weide vol klaprozen, lupines en ridderspoor, die zich uitstrekte tot een kilometer of wat lager, waar het groen geleidelijk overging in een baai, het strand en de zee. De weg waarover ik vannacht was gearriveerd ging links van het huisje verder en liep door tot in de baai, waar een klein dorpje met witgepleisterde huisjes lag. Er dobberden bootjes op het water en het zonlicht sprankelde op het rustige oppervlak. Meeuwen zweefden door het strakke blauw als wit met zwarte penseelstreken. Tegen een helling, meer naar rechts, liep een kudde schapen rond, enkele dronken uit een beekje dat ook door 'mijn' achtertuin liep.

Als het uitzicht een alcoholpercentage kon bevatten en ik in staat zou zijn om het panorama te drinken, was ik nu stomdronken geweest. Het was ongelooflijk mooi. Ik was ervan overtuigd dat ik het warme gevoel dat door me heen stroomde, van mijn kruin tot mijn tenen, nooit van mijn leven meer zou vergeten.

'Is er iets? Gaat alles wel goed met je?' vroeg Hugh, die merkte dat ik midden in een vraag mijn tong verloren had.

'Ik ben sprakeloos. Wat is het hier prachtig. Toen ik vannacht aankwam, heb ik daar niets van gezien,' bracht ik langzaam uit. Ik dacht aan Stijn. Die zou het hier ook geweldig vinden. En je kon vast fantastisch vissen in die baai en de zee daarachter.

'Kan kloppen,' knikte Hugh, die blijkbaar zo gewend was aan dit uitzicht dat hij niet eens opkeek. 'Als je aan de voorkant van het huis bent, kijk je tegen de heuveltop aan de andere kant. Dan zie je dit niet. Bovendien... Je kunt ook geen donder zien als de luiken dicht zijn.'

Stil keek ik om me heen. Dat er zulke mooie plekjes waren in een land dat erom bekendstond dat het alleen maar nat en koud en ruw was! Dat was dan in ieder geval niet vandaag. De zon was nu al warm, de helling waarop ik stond was frisgroen, klaprozen wiegden in een zacht windje en Fillkennagh, de baai en de kleine bootjes gaven het geheel een lieflijkheid die je normaal alleen op ansichtkaarten ziet. Hoe oom Leo hieraan gekomen was wist ik niet, maar ik begreep wel dat hij er, net als ik, vast ook ondersteboven van was geweest en dat dit uitzicht de reden was waarom hij het gekocht had.

'Ik kwam hier aan in het donker, in de kou,' mompelde ik, nog steeds overweldigd. 'En nu is het zo mooi.'

‘Het is twee dagen heel slecht weer geweest,’ knikte Hugh, ‘maar de vooruitzichten voor de komende dagen zijn prima. Ik moet weer verder. Tot kijk!’ Hij zette er stevig de pas in en liep op zijn bergschoenen in een flink tempo de heuvel af. ‘Hugh!’ riep ik. ‘Hoe kom ik in Brackloch?’

‘Over de weg,’ riep hij terug en wees naar de slingerende weg die naar het dorp ging. ‘Gewoon doorrijden, Brackloch is maar tien minuten verder.’

‘Ik heb geen auto!’ riep ik weer. ‘Gaat er ook een bus?’

‘Vier keer per dag, vanaf O’Shea’s! Maar er staat een auto in de garage.’ Hij gebaarde naar de zijkant van het huis en nadat hij nog een keer naar me gezwaaid had, liep hij verder. ‘Als je lopend naar Fillkennagh gaat, is dit het vlugst!’ riep hij nog en de rest van zijn woorden kon ik niet meer horen. Ik keek hem na, zijn geruite kilt heen en weer zwaaiend terwijl hij koers zette naar het dorp in de baai.

Hoelang ik daar zo stond te genieten van het uitzicht weet ik niet, maar mijn maag begon op den duur erg luidruchtig te knorren. Ik had honger. Samen met Frank had ik dan wel vannacht nog wat gegeten, maar ik sloeg nooit een ontbijt over en de gewoonte liet zich horen. Dat werd een probleem. Als er nog wat in huis lag, was dat beslist niet meer eetbaar. Ik had geen Engelse ponden om wat te kopen en de dichtstbijzijnde bank was net te ver om te lopen.

Ik gooide de luiken open, waardoor ik plotseling ook vanuit het huis een fantastisch uitzicht had over de hele omgeving. Terwijl het water in de boiler heet werd, gebruikte ik die wachttijd om eens goed rond te kijken en alle kasten en lades open te trekken. In de buffetkast in de huiskamer lagen sleutels in een rieten mandje. Ik vond wat kleingeld her en der, en onder een stapel papieren die in een lade lag een biljet van tien pond. Het gezicht van koningin Elizabeth in haar jonge jaren keek me glimlachend aan en ik vroeg me af of dit geld nog steeds bruikbaar was. Misschien was er wel een andere, nieuwere versie uit – wist ik veel. Dat zou nou precies mij overkomen, als ik bij een drukke kassa eindelijk aan de beurt was, gammel van de honger, om dan tot de ontdekking te komen dat mijn bankbiljet de vuilnisbak in kon. Ik kon het in ieder geval meenemen, weggooien kon altijd nog.

In de secretaire in de kleine opkamer vond ik enkele brieven en wat ongeopende post. Niets bijzonders. In de onderste lade vond ik een kleine kartonnen doos met daarin een stapeltje papieren die met een paperclip bij elkaar gehouden werden. Ik keek ernaar en slaakte een kreet van verbazing: tekeningen. Kindertekeningen van Stijn en van mij. De kerstkaarten en de incidentele ansichtkaart van de vakantie die we gestuurd hadden. Een heel oude foto van Stijn en mij, samen op een blauwe glijbaan, in de zon.

Oom Leo had het allemaal bewaard. Het waren zijn tastbare herinneringen aan betere tijden. Bijna onmogelijk om je voor te stellen dat die tekeningen niet gewoon de prullenbak in waren gegaan. Ik liet mijn vingers over een kaart glijden. Ik herkende mijn eigen handschrift van de eerste klas van de middelbare school, toen ik net besloten had dat aan elkaar schrijven 'stom' was en ik vond dat losse letters veel leuker waren. *Hoi oom Leo. Ik mag van mama deze kaart kopen voor u. Het is heel mooi weer in Drenthe. Morgen gaan we naar het zwembad. Nou weet ik niets meer. Dag! Esther.*

Het ontroerde me een beetje. Dat kaartje, meer dan tien jaar oud, zo zorgvuldig bewaard. En dan dat zinnetje: ik mag van mama deze kaart voor u kopen. Het gaf wel aan dat ma ook niet gelukkig was met die acute breuk, wat ook de reden was geweest. Ze moest het me toch maar eens vertellen, als pa er niet was. Ik legde het kaartje terug, de foto erbovenop, en zette het doosje weer in de lade van de secretaire, met het gemengde gevoel van wroeging en medelijden in mijn hart.

Na de eerste moeizame kennismaking met de douche verliep de tweede heel wat beter. De straal was hard en warm en toen ik mijn hoofd eronder hield om mijn haren te wassen, kreeg ik een gratis schedelmassage. Heerlijk, ik knapte er enorm van op. Tien minuten later stapte ik als herboren achter het plastic gordijn vandaan.

Ik zette mijn contactlenzen in, schoot een friswit, zomers rokje aan en een blauw-wit gestreept topje. Mijn nieuwe witte teenslippers met strass op de bandjes pasten er perfect bij en om het af te maken gaf ik elke teennagel een fuchsiaroze laag. Tas erbij, pen om de documenten te tekenen (je wist maar nooit), rijbewijs en paspoort in mijn tas, mijn zojuist verworven schat van tien pond en het kleingeld, zonnebril: klaar. Mijn haar was dan nog wel nat, maar ja, dat zou buiten zo droog zijn. Ik had nu eenmaal geen bruikbare föhn vanwege die verkeerde stekker/stopcontactrelatie, en oom Leo had niet bepaald een haardos gehad waar je een droger voor nodig had. Dan maar zo.

Zittend in mijn achtertuin, op een verweerd, stenen bankje dat al warm was van de zon, maakte ik een lijstje van de dingen die ik moest doen:

1 – naar het gemeentehuis, akte tekenen
2 – eten halen
3 – Frank betalen of in ieder geval iets kopen om hem te bedanken
4 – proberen Stijn te pakken te krijgen
5 – een verloopstekker voor mijn apparatuur aanschaffen
6 – geld halen
7 – de kasten leeghalen en de troep van oom Leo weggooien
8 – Veronique en Tanja bellen
9 – regelingen treffen voor de vlucht naar Frankrijk

Ik beet op mijn pen en veranderde de volgorde. Geld verhuisde naar de tweede plaats en het regelwerk voor de reis ging ook een stukje naar boven. Zouden ze in het dorp een internetcafé hebben? Hoe kon ik anders regelen dat ik naar Nice of Marseille zou kunnen vliegen? Of sowieso weg zou kunnen? Ik hoopte niet dat ik eerst weer helemaal terug zou moeten naar Aberdeen, om daar te boeken en dan pas drie dagen later een vlucht te kunnen krijgen of zo. Maar eerst maar eens dingen doen die vandaag moesten gebeuren: eten en dan de akte.

*

Hugh had gezegd dat het lopend door het veld het snelst zou gaan, maar ik zag me in gedachten al in de brandnetels belanden en besloot de weg te nemen. Die crosscountrywandeling zou ik wel een andere keer doen. Hugh had ook gezegd dat er een auto in de garage stond en ik had een setje autosleutels gevonden, dus liep ik naar de kleine uitbouw en trok de vermolmde houten deur open. Het kind is toegestopt, dacht ik toen ik de vorm van een auto zag onder een grote afdekhoes van zilverkleurige stof. Met een ruk trok ik de hoes weg. Ach. Kijk nou toch...

Onder het laken zat een blinkende, tomaatrode sportwagen verstopt. Een MG, zei het logo op de grille. De auto had een Engelse (of moest ik nu ook Schotse zeggen, of was Britse de politiek correcte term) nummerplaat en het stuur zat aan de rechterkant. Wauw. Een tweezitter, en een heel mooie ook. Onder mijn vingers voelde de motorkap superglad aan. Het zwarte linnen dak was omlaag geklapt en lag in een harmonicavouw op de achterkant van de wagen.

Het portier ging open toen ik aan de klink trok en ik gleed achter het stuur. Crèmekleurige leren bekleding, een notenhouten dashboard, analoge meters – dit was een klassieker. Het interieur leek op geen enkele manier op dat van een moderne auto, maar hij was zo goed onderhouden dat hij wel splinternieuw leek.

Zou ik... Zou ik het proberen? Kijken of-ie het deed? Ik haalde de sleutelbos uit mijn tas, vond de sleutel van de MG meteen en stak hem in het contact. Wat gek, het contact zat links, de versnellingspook zat links en ik zat rechts. Ik drukte de koppeling in en draaide de sleutel om in het contact. O. Er gebeurde niets. Misschien was de accu wel leeg. Ik probeerde het nog een keer, maar er klonk geen vrolijk gebrom of geloei om aan te geven dat de motor tot leven kwam. Nog één keer dan. Ik draaide het sleuteltje zo ver om dat ik bang was dat het verbogen uit het contact zou komen, maar de motor gaf geen sjoege.

Jammer. Dan toch maar lopen. Ik moest onderhand opschieten, want wie weet hoelang ik nog bezig zou zijn. Net toen ik wilde uitstappen, viel mijn oog op een knopje vlak bij de stuurkolom, waar *IGN* bij stond. *IGN. Ignition?* Ik drukte het knopje in en draaide nog een keer aan de sleutel en...

Aaaaaaah!

Met een ruk schoot de auto opeens naar voren, door de halfopenstaande garage en de oprit af, zo de tuin in! Help! Van schrik stampte ik alles in waar ik op kon stampen en met een harde schok en luid gekraak van de garagedeur kwam ik, net zo acuut als ik was gaan rijden, tot stilstand. De motor die zo plotseling aangeslagen was sloeg af en vergezeld van een zacht, onheilspellend gekraak stond ik stil, half in de rozenstruiken, half op de oprit. Mijn hart bonkte in mijn borst. Man! Dat knopje was er dus inderdaad om de motor aan de gang te krijgen. De wagen had in de eerste versnelling gestaan en niet op de handrem en ik was zeker twee, drie meter naar voren geschoten. Nog een geluk bij een ongeluk dat hij niet in zijn achteruit had gestaan, want de stenen muur achter me had vast niet zo meegegeven als de houten deur.

Ik haalde hijgend adem en liet met trillende handen het stuur los. Met een harde ruk trok ik de handrem vast. O jongens. Dat was maar net goed gegaan. Voor hetzelfde geld was ik zo tegen het muurtje opgeknald dat de grond rond het huis afbakende!

Bibberend stapte ik uit en liep met rubberen knieën naar de voorkant van de auto. Het zou toch zonde zijn als...

Aaaaaaaah!

Met denderend geraas, gekraak en het kenmerkende geluid van hout dat het begeeft, viel de rechtergaragedeur uit zijn voegen en kletterde in stukken op de stenen oprit uit elkaar. Ik sprong opzij alsof ik gebeten werd door een slang en probeerde niet te stikken in de adem die ik inhield. De auto leek wonderbaarlijk genoeg onbeschadigd te midden van de brokstukken, afgebroken planken en doorgeroest metalen beslag.

Wauw. Dat was me het succes wel. Eén keer proberen om in de auto van oom Leo te rijden had me bijna mijn leven gekost, de garage stortte nog net niet in en de klassieke auto was bijna naar de klassieke oudheid gegaan. Trillend haalde ik een hand over mijn lippen en daarna balde ik mijn vuisten om mezelf onder controle te krijgen. Ik boog me voorover om te kijken of de bumper niet beschadigd was, toen er opeens iemand tussen mij en de zon stond.

'Hallo?'

Aaaaah! Dat was de derde keer binnen één minuut dat ik me wild schrok. Een stem, vlak achter me, deed me letterlijk de lucht in springen van schrik. Ik gaf een gil die door merg en been ging, schoot omhoog en... Bats! Met een harde klap kwam mijn hoofd in aanraking met iemands... Kin? Schouder? Elleboog? Ik hoorde het in ieder geval kraken.

'Au!' klonk het in koor en ik draaide me om om te zien waar de stem vandaan kwam. Zowel stem als kin hoorden bij een man die zijn neus omklemde, en ik greep naar mijn hoofd waar zo meteen een bult zo groot als een duivenei op zou zitten.

'Idioot!' schold ik. Hoe kwam die gek erbij om me zo te besluipen?

'Ho, ho! Ib bom alleen baar helben, ib bag het bebeuren!

Ben je in orbe? Is alles boed?' Zijn woorden klonken gesmoord omdat hij zijn handen voor zijn gezicht hield.

Voor ik hem kon antwoorden, moest ik eerst een keer diep ademhalen en slikken. Toen knikte ik. 'Jawel, met mij is alles goed. Mijn ego heeft een grotere deuk opgelopen dan de auto,' bromde ik erachteraan en toen kwam het bij me op om te vragen of hij er niets aan over had gehouden. Want echt waar, hij knipperde met zijn ogen om de tranen weg te krijgen en zodra hij zijn hand wegtrok, zag ik tot mijn schrik dat hij een bloedneus had. O mijn God. Ik had hem toch geen gebroken neus bezorgd?

'Je neus! Overal zit bloed en... O, wat heb ik gedaan?!' riep ik geschrokken uit. Zenuwachtig plukte ik mijn tas van de autostoel en rukte er een pakje zakdoekjes uit. 'Hier. O, je overhemd. En kijk nou eens naar je manchetten! Doet het erg zeer? Misschien is er binnen wel iets van ijs in de vriezer om op je neus te leggen en... Het spijt me vreselijk. Ik schrok me gewoon lam en...'

'Is het je gewoonte om mensen die je willen helpen knock-out te slaan?' vroeg de man cynisch.

'O God nee! Het spijt me echt heel, heel erg! De auto schoot weg en ik had helemaal niet in de gaten dat hier iemand stond...'

Toen pas zag ik dat hij een beetje met me spotte. Een beetje maar. Hoewel hij een papieren zakdoekje tegen zijn neus hield, zag ik toch de glimlach om zijn lippen.

'Sorry,' zei ik, heel wat meer timide. 'Gaat het wel? Doet het erg pijn?'

'Maak je geen zorgen,' zei de man. 'Het valt geloof ik wel mee. Ik ben Connor. Connor Petrie.'

'Esther Williams.' Ik schudde mijn hoofd bij het zien van de spatten op zijn kleren, zijn lippen en zijn kin. 'Loop even mee naar binnen, dan kun je de boel schoonspoelen.'

Connor knikte en volgde me toen ik om het huis heen liep,

naar achteren, om daar meteen de keuken in te komen. Nou. Heel fraai, Esther. Een paar uur geleden Hugh, en nu deze Connor. Hij draaide de kraan open en stak zijn gezicht onder de straal om het bloederige bewijs weg te spoelen. Het was niet echt ergens een bewijs van, maar het klonk wel stoer. Hij trok een schone tissue uit het pakje en gooide de bebloede prop in de afvalemmer die in de hoek naast het aanrecht stond. 'Het is bijna over,' zei hij toen ik bezorgd vroeg hoe het ging.

'Doet het nog pijn?'

'Alleen als ik lach,' antwoordde hij en grinnikte. 'Kijk niet zo benauwd. Je bent je vast wild geschrokken.' Toen trok hij het papieren zakdoekje onder zijn neus weg, keek ernaar en vroeg: 'Jij komt niet hier vandaan, hè?'

Ik schudde mijn hoofd. 'Nee. Is het zo duidelijk dan?' Natuurlijk was het duidelijk. Mijn Engels was grotendeels afkomstig van wat ik van televisie had opgepikt, een mengelmoes van bekakt Brits en Hollywood-Amerikaans, en hier rolden ze met de r en zongen ze op een bepaalde manier, wat niet erg overeenkwam met de manier waarop ik sprak.

Connor grinnikte geamuseerd. 'Valt nauwelijks op. Waar wilde je naartoe met de auto?'

'Naar het dorp. Ik moet naar het gemeentehuis. En daarna nog wat boodschappen doen, en ik moet geld halen. Ik wilde eerst gaan lopen, maar toen zag ik die auto en...' Ik viel stil, maar Connor lachte me niet uit. Hij wachtte geduldig af en met een zucht zei ik na een poosje: 'Ik snapte niet hoe het werkte. Drukte op een knopje, maar de auto stond nog in zijn één en voor ik het wist stond ik in de tuin.'

'Niet gewend aan schakelauto's?' concludeerde Connor iets te voorbarig.

'Echt wel. Maar niet aan auto's waarvan de motor niet aanslaat als je de sleutel omdraait.'

Connor depte zijn neus nog een paar keer en gooide toen het zakdoekje weg. 'Zo, het is zo goed als over. Zal ik je even helpen? Het is wel erg decadent om je auto als plantenbak te gebruiken.'

Ik gaf me gewonnen. Ik kon natuurlijk wel heel verontwaardigd doen dat het een ongeluk was – wat het ook was, technisch gezien – maar ik had de wagen daar zelf geparkeerd. Connor had gelijk, het was geen gezicht om een sportwagen tussen de rozen en de azalea's te hebben staan.

We liepen terug naar buiten en ik keek naar de versplinterde garagedeur. Het hout versperde de doorgang en ik was een beetje huiverig om weer in de auto te stappen, maar Connor had er minder moeite mee. Hij zette de sportwagen terug op de oprit en daarna gooiden we het hout op een hoop aan de zijkant van de garage. Nadat ik de resterende helft van de garagedeur goed open had gezet, reed Connor de MG netjes achteruit de half deurloze garage weer in. Hij zette hem in zijn vrij en trok de handrem stevig aan, waarna hij uitstapte en mij de sleutels overhandigde.

'Bedankt,' knikte ik.

Toen pas drong het tot me door dat hij er erg netjes uitzag – te netjes voor deze omgeving, vergeleken met Franks vrijetijdskleding van gisteren en de kilt en het T-shirt dat Hugh vanochtend droeg. Connor was gekleed als een zakenman; hij droeg een luchtig grijs pak, een wit overhemd met daarop een blauwe stropdas. Zijn schoenen zagen er nieuw en gepoetst uit. Hij had een leuk gezicht, een stevige, rechte kin, grijsbruine ogen, netjes geknipt sluik bruin haar en een zweem van wat een fikse bloeduitstorting zou worden aan de rechterkant van zijn neus. Nou, ik had meteen een fraai visitekaartje afgegeven.

'Morgen heb je een blauwe wang,' zei ik spijtig.

'Geeft niet.' Hij wees naar de lichtgrijze Ford die bij het hekje stond geparkeerd. 'Kan ik je een lift aanbieden? Ik moet naar Brackloch, en dan kom ik toch langs Fillkennagh. Wil je meerijden?'

Ik knikte opgelucht, pakte mijn tas en volgde hem naar zijn auto. Bijna liep ik weer naar de rechterkant van de auto, maar ik bedacht nog net op tijd dat ik links moest zijn. Met een zucht liet ik me op het koele leer van de bijrijdersplaats zakken. Hè, hè. Wat een begin van de dag. Hoog tijd om te zorgen dat ik ging doen waarvoor ik hier gekomen was: de akte tekenen. En daarna regelen dat ik zo snel mogelijk naar mijn vriendinnen in Zuid-Frankrijk kon.

4

'Sinds wanneer ben je hier?' informeerde Connor, terwijl hij de zonneklep omlaag deed en naar de linkerkant van de weg reed. Ook al had ik een hele tijd bij Frank in de auto al links gereden, het bleef toch onwennig en bij elke tegenligger kreeg ik een raar gevoel in mijn maag.

'Ik ben vannacht aangekomen,' antwoordde ik.

'En waarom ben je hier?'

'Officiële zaken, ik moet iets ondertekenen.'

'Waar kom je vandaan? Ik kan je accent niet thuisbrengen.' Connor wierp een snelle blik op me.

Ik vond het wel grappig dat hij probeerde uit te vissen waar ik vandaan kwam en gaf hem een half antwoord op zijn vraag. 'O, een flink eind hiervandaan. Ik moet ook naar de bank, want ik heb dringend geld nodig. Ik heb al gehoord dat er een bank is Brackloch, maar...'

'Dat is nogal een eindje lopen,' viel Connor me in de rede. 'Hoelang heb je nodig op het gemeentehuis? Ik moet voor zaken in zowel Fillkennagh als Brackloch zijn, dus misschien kan ik het zo regelen dat je met me mee kunt rijden.'

'Ik kan ook een taxi pakken,' zei ik. Het was net of ik alleen maar van mijn plaats kon komen met de hulp van anderen en, hoewel het ontzettend aardig was dat Connor het aanbood, mijn geweten begon een beetje in opstand te komen. Kon ik mezelf niet redden? Maar blijkbaar had ik iets heel grappigs gezegd, want Connor gooide zijn hoofd in zijn nek en lachte met een diep, aangenaam keelgeluid.

'Een taxi? In Fillkennagh? Dan moet je wel heel veel geduld hebben.' Hij schudde zijn hoofd. 'Ik kom er nog wel achter waar je vandaan komt, maar ik vermoed dat het niet van het platteland is. Je hebt echt zo'n meisje-uit-de-grote-stad-air over je.'

Daar schrok ik van. Het klonk als iets vreselijks, alsof ik

alleen maar dacht aan Jimmy Choo-schoenen, Prada-sjaals en Gucci-tassen. Ja, ik kwam uit de stad, daar had hij gelijk in. Maar ik hoefde die toon van hem niet te pikken. 'Wat is dat nou voor een opmerking! Ik kom uit de stad, maar is daar iets mis mee? Het is normáál om gebruik te kunnen maken van het openbaar vervoer, of dat nou de trein, de metro of de bus is. Mijn eigen auto start met een contactsleutel, niet met een of ander obscuur knopje! Ben ik opeens stads en tuttig omdat ik niet met dat ding dat in de garage staat overweg kan, of een taxi wil nemen bij gebrek aan die andere drie heel normale manieren van vervoer?'

'Rustig maar!' riep Connor en lachte. 'Ik bedoel er niks mee. Je komt gewoon duidelijk niet van hier.'

Nou ja, laat ook maar. Ik haalde mijn schouders op, duwde mijn zonnebril wat hoger op mijn neus en keek naar buiten, waar de zon schitterde op het zeewater. Het dorp verdween en verscheen beurtelings als de weg achter de helling verdween of opeens weer zicht op de zee en de baai gaf. De huisjes kwamen steeds dichterbij en de zoute geur van de zee dreef door de open ramen naar binnen. Ik hield van die geur. Het gaf me een soort gevoel van vrijheid: lekker wandelen bij de branding op een mooie, winderige herfstdag.

'Je hebt vast een aantal jaren in het buitenland gewoond, misschien ben je als kind wel daarheen verhuisd, en daarom is je Engels nu doorspekt met die tweede taal,' probeerde Connor.

'Misschien wel,' zei ik ontwijkend. 'Wat doe jij op zo'n mooie dag in zulke nette kleren? Werk jij toevallig zelf bij de bank?' Als dat laatste het geval was, was dit echt de laatste lift die ik zou accepteren, want dan voelde ik me toch wel heel erg in mijn hemd gezet. Maar Connor schudde zijn hoofd. 'Nee hoor. Ik zit in vastgoed en verzekeringen. Ik moet vandaag bij een mevrouw in Fillkennagh zijn die haar huis te koop heeft staan.'

Ah. Dat verklaarde in ieder geval de outfit en de rappe tong. Het paste precies bij het imago van een snelle verzekeringsman.

'Kijk eens, waarschijnlijk niet metropoolachtig genoeg voor jou, maar toch: Fillkennagh.' Connor wees om zich heen naar het dorp dat we inreden.

'Haha,' deed ik koel, maar Connor had plezier en lachte. 'Hoeveel mensen wonen hier?' vroeg ik.

'Zo'n driehonderd,' zei hij meteen.

Driehonderd. Pfff. Er zaten meer kinderen op de school waar ik lesgaf. 'Dat zo'n plaats dan een gemeentehuis heeft.'

'Overblijfsel van vroeger. Het is een deelgemeente van Brackloch, maar sommige bestuurlijke zaken worden echt nog hier geregeld, juist omdat het zo'n kleine gemeenschap is. De mensen hier zijn niet zo dol op inmenging van grote broer Brackloch.'

Connor reed naar een pleintje en zette zijn auto onder een grote esdoorn met gevlekte bladeren en een stam waar de bast vanaf krulde. Toen ik uitstapte hoorde ik zacht geruis: het eindeloze ritme van de zee. Het geluid was overal te horen. Connor wees naar een winkel aan de overkant. 'Daar is O'Shea's. En dat' – ik volgde zijn uitgestoken vinger – 'is onze *city hall.*'

Het gemeentehuisje had meer naam dan voorkomen. Het was een klein gebouwtje van ruwe stenen, wit gepleisterd aan de voorkant, met een kleine trap die je vanaf twee kanten op kon lopen. Er stond een gietijzeren hekje voor en daar hing een plantenbak aan met bloeiende geraniums. Het leek meer een antiek grenshuisje dan een plek waar beslissingen over een gemeente werden genomen. 'Hoeveel tijd denk je nodig te hebben?' vroeg Connor weer.

Ik haalde mijn schouders op. 'Dat weet ik niet precies.'

'Over anderhalf uur hier? Is dat voldoende?'

'Dat denk ik wel,' knikte ik. 'Weet je zeker dat het geen probleem is?'

‘Heel zeker, geen enkel probleem. Als je tijd overhebt, kun je daar wat gaan drinken.’ Hij wees naar een klein zaakje dat ook aan het pleintje lag. ‘Dat is The Golden Goose, de lokale pub. Ze verkopen daar trouwens ook lekkere broodjes.’ Hij keek op zijn horloge en haalde een zwart attachékoffertje uit de kofferbak. ‘Ik wil niet onbeschoft zijn, maar ik moet echt gaan, anders ben ik te laat. Zie ik je over anderhalf uur hier?’

Best, knikte ik. Connor zei me gedag en liep een straatje in dat zo smal was dat een auto er niet doorheen zou kunnen. Mijn blik viel op twee vrouwen, met allebei een peuter op hun arm, die me onderzoekend aankeken. Achterdocht? Mensen in dorpjes als deze waren vaak toch een beetje paranoïde, dat had ik al vaker gemerkt. Ik glimlachte naar ze, maar ze lachten niet terug. In plaats daarvan staken ze de koppen bij elkaar en je hoefde geen versterker nodig te hebben om te begrijpen over wie ze het hadden. Precies. Paranoia en achterdocht. Een vreemde vogel in het dorp, o jee!

Ik rechtte mijn rug, stak mijn kin naar voren en liep naar het gemeentehuisje. Ze bekeken het maar. Opeens werd ik een beetje nerveus. Onzin, want ik had de kopie van de akte in het vliegtuig al zo vaak gelezen dat ik de tekst bijna woordelijk zou kunnen citeren, maar omdat ik niet wist wat ik kon verwachten kroop er toch een onaangenaam gevoel in mijn maag. Ik liep het trapje op en duwde de deur open.

Van binnen was het gemeentehuis nog kleiner dan van buiten, of het moest klein overkomen omdat het er zo vol stond. Omgeven door een aantal stokoude kasten zat een meisje van een jaar of achttien aan een lelijk bureau achter een computer te werken. Die hadden ze hier tenminste wel. Er hing een bord boven haar bureau met daarop de bedrijven die hier blijkbaar gevestigd waren: de gemeente, een schapenwolexporteur en een notariskantoor. Eronder stonden namen en telefoonnummers. Zaten er drie bedrijven in de *city hall*? In dit kleine gebouwtje?

Het meisje keek op en vroeg of ik een afspraak had bij een van de bedrijfjes. Toen ik zei van niet, fronste ze geërgerd haar voorhoofd, alsof ik haar werk daardoor erg onderbrak.

'Ik word geacht een akte te ondertekenen bij notaris Raitt.' Ik pakte de kopie uit mijn tas en liet die aan haar zien, waarna het meisje hem even bekeek en toen mij weer aankeek.

'Als u even wilt wachten,' beval ze me. Ze stond op en verdween door een deur tussen de kasten. Een halve minuut later was ze terug en vroeg me haar te volgen. Ze leidde me naar een klein, maar minder volgepropt kantoor. In een luxe bureaustoel zat een grote vrouw van ruim vijftig. Ze stond op om me een hand te geven. Ik nam haar snel op. Goed gekapt grijs haar, weinig maar zorgvuldig aangebrachte make-up, een lichtgrijze rok, een eigeel bloesje en grote zilveren sieraden die goed pasten bij haar lengte. Haar handen waren zeker zo groot als mijn schoenen. Ze had een lage, trage stem. 'Miss Williams, prettig kennis met u te maken. Mijn naam is Mrs. Raitt, ik ben executeur-testamentair van uw oudoom. Ik werk voor de firma Lloyds Lawyers International. Gaat u zitten.'

Ik moest toegeven dat ik Mrs. Raitt erg imponerend vond. Alles aan haar straalde klasse en rijkdom uit. Ik ging zitten en probeerde mijn handen stil te houden, want als ik nerveus word, ga ik altijd aan dingen zitten frunniken.

Ik keek de ruimte rond. Net als Mrs. Raitt was het kantoor met smaak aangekleed. Een plat beeldscherm stond op tafel naast een computer en ik had er heel wat voor overgehad als ik even had mogen kijken of ik e-mails had. Maar daar kwam ik niet voor. 'Ik begrijp het niet helemaal. Ben ik nu in een notariskantoor, bij een exportbedrijf of bij de gemeente?'

'De gemeente. Ik treed ook op als notaris voor de gemeente, indien nodig,' antwoordde ze kort, zonder de export van schapenproducten verder toe te lichten. 'Wilt u een kopje thee? Of koffie misschien?'

Of een bolletje wol? dacht ik erachteraan. Haar slanke hand ging naar de intercom toen ik om een kop thee vroeg. Ze droeg het meisje in de ontvangstruimte op om het een en ander te komen brengen. 'Hebt u een prettige reis gehad?' informeerde ze daarna beleefd, en ik wist dat ze dat voor de vorm vroeg en niet omdat ze wilde weten in wat voor bochten ik me had moeten wringen om hier te komen, dus knikte ik. 'Jazeker.'

'Goed te horen.' Alsof dat haar ook maar iets kon schelen. Ze sloeg een lichtgroene omslag open en haalde er een aantal vellen papier uit, die ze voor me op tafel neerlegde. Ik herkende ze meteen, ik had de kopieën ervan uitgebreid bestudeerd. 'Ik heb van miss Bellar ondertussen begrepen dat de heer Leopold Williams in juni van dit jaar overleden is. Mijn oprechte deelneming.'

Zoals dat hoorde, boog ik mijn hoofd een stukje. 'Dank u.'

'Het verbaasde mij dat u nu pas iets van zich hebt laten horen,' zei ze met een zweem van verwijt in haar stem. 'U bent zich ervan bewust dat vannacht om twaalf uur dit verhaal een heel andere wending gekregen zou hebben?'

Ik legde haar uit wat ik ook aan Frank had verteld, maar zonder details, en ik hield me zo veel mogelijk op de vlakte. Ze glimlachte toen ik zei dat mijn ouders het Engels niet hadden begrepen en de post voor reclame hadden aangezien.

'Uw Engels is uitstekend,' complimenteerde ze mij, in haar eigen onberispelijke Engels waarin geen enkel uitgesproken accent of dialect doorklonk. 'Dat bespaart ons een hoop problemen. U hebt de akte ondertussen kunnen lezen, heb ik begrepen?'

'Jazeker. Maar zelfs een Engelsman zal moeite hebben met de termen die gebruikt worden. Dat is al zo in mijn eigen taal.'

Ze vouwde haar lange vingers in elkaar en knikte. Voor haar

was het natuurlijk allemaal gesneden koek.

Op dat moment werd er op de deur geklopt en kwam het meisje binnen met een dienblad en een grote pot thee en porseleinen kopjes met blauwe bloemetjes. Ze schonk voor ons beiden in en verliet zwijgend de kamer.

'Melk en suiker?' vroeg Mrs. Raitt en omdat ik wijs geworden was van de teerachtige substantie die ik van Frank te drinken had gekregen, accepteerde ik haar aanbod maar snel. Met wat melk en suiker zou het hopelijk minder zwaar op de maag liggen.

'Hebt u vragen over de akte?' vroeg Mrs. Raitt en roerde in haar thee. Ik deed hetzelfde en stak uit gewoonte het lepeltje in mijn mond. O help, helemaal fout natuurlijk. Alsof ik een eitje leeg zat te lepelen. Snel legde ik het lepeltje terug op het schoteltje – uiteraard klotste er direct thee over de rand heen en had ik mezelf een voetbad bezorgd. Hoe moest ik dat nu weer opdrinken zonder de thee op mijn witte rokje te krijgen? Ik schoof onopvallend wat dichter naar haar bureau toe en pakte de kop met schotel en al op. Nu hoort dat normaal ook zo, maar dan zonder dat plasje en het daarbij behorende verkrampte drinken. Mrs. Raitt deed natuurlijk net of ze niets zag.

'Niet echt,' zei ik, ook al had ik honderd vragen. Die zou zij niet kunnen beantwoorden. 'Het is voor mij een volslagen verrassing.'

'In het testament is ook nog sprake van Stijn Williams.'

'Mijn broer. Ik kan hem niet bereiken. Hij is ergens op zee. Toen ik miss Bellar aan de telefoon kreeg, was hij al vertrokken. Ik heb geprobeerd hem te bellen, maar ik kreeg hem niet te pakken.'

'Is het mogelijk dat hij nog voor middernacht hier verschijnt?' vroeg ze.

Ik schudde beslist mijn hoofd. 'Absoluut niet.'

'Het testament geeft aan dat de bezittingen ofwel naar u,

ofwel naar uw broer, ofwel naar u beiden gaan. Bij het verstek laten gaan van een van de partijen wordt de ander automatisch volledig begunstigde.' Ze moest gezien heb dat me dat verwarde, want ze ging verder. 'Daarmee bent u de enige erfgenaam. Uw broer heeft door zijn absentie zijn aanspraak op de woning van wijlen uw oudoom verspeeld.'

Stijn was er niet door een ongelukkige samenloop van omstandigheden, en niet uit onwil, en dat zei ik dan ook. Ze keek wel erg hooghartig. Wij konden er toch niets aan doen dat oom Leo zo'n idiote regeling had getroffen en dat we nooit eerder benaderd waren?

Er ging een nauwkeurig geëpileerde wenkbrauw omhoog. 'Dat bepaal ik niet, miss Williams. Dat doet de wet. Uw oudoom heeft het als zodanig laten vastleggen en het is niet mijn taak om de inhoud van zijn testament ter discussie te stellen. Als u de woning alsnog met uw broer wilt delen, dan is dat uw zaak. Maar met het ondertekenen van de akte neemt u de rechten en de plichten die verbonden zijn aan Marble House over.'

Ik slikte. Vooral dat woord *plichten* klonk niet zo aangenaam. 'Wat gebeurt er als ik niet teken?'

'Dat moet miss Bellar u uitgelegd hebben. De woning wordt bij veiling verkocht en de opbrengst gaat naar de gemeente Fillkennagh.'

'Naar de gemeente?' herhaalde ik vragend.

Ze stak haar hand op, gebarend naar de kamer waar we zaten. 'Fillkennagh wordt vanuit deze *city hall* bestuurd.'

Aha. Nou, ik gaf Marble House niet zomaar over in handen van de gemeente, al was het maar omdat ik dit mens met de minuut vervelender vond worden. 'Waar teken ik?' vroeg ik, en ik pakte mijn eigen pen en zette op elke pagina een paraaf en een zwierige handtekening op het laatste velletje. Naast mijn naam stond die van oom Leo. Wat gek om te zien.

Mrs. Raitt nam de papieren van me over, zette nauwkeurig

overal haar krabbel onder, zette met een stempel datum en plaats op de laatste pagina en stak de akte terug in de lichtgroene map. 'Hier worden nog enkele kopieën van gemaakt, onder andere voor het kadaster. Deze akte wordt ook gebruikt om de veilingmeester af te zeggen en het kadastrale overzicht van de gemeente aan te passen. U kunt dit over vijf werkdagen op komen halen, samen met de eigendomspapieren, onroerendgoedvoorwaarden en documenten die vererving behandelen. Ik raad u aan dit goed te lezen.' Ze gaf me weer een ander vel papier, samen met een klein briefje waar ze opnieuw haar handtekening op zette. 'Dit is de voorlopige eigendomsakte en een reçu. Bewaar het goed, daarmee kunt u reclameren als u de documenten door onvoorziene omstandigheden niet ontvangt.'

Ik nam het reçu van haar aan en borg het zorgvuldig op. Die laatste paar zinnen had ik niet helemaal goed begrepen. Vererving. Onroerendgoedvoorwaarden. Moeilijke woorden, die ik in het Nederlands al nauwelijks begreep. Mrs. Raitt stond op en gaf me zo te kennen dat het gesprek ten einde was. Ik stond ook op. Veel viel er toch niet meer te zeggen, ik zou het allemaal wel te lezen en te zien krijgen. Maar wacht even... 'Vijf werkdagen?'

'Is dat een probleem?'

'Ik was van plan om morgen of overmorgen te vertrekken,' zei ik en zoog mijn lip naar binnen.

'Vertrekken?'

'Naar mijn vakantieadres. Ik ben nogal halsoverkop vertrokken,' legde ik uit. 'Kunnen die papieren ook naar mijn thuisadres in Nederland worden gestuurd?'

'Nee, ze moeten persoonlijk overhandigd worden en u moet tekenen voor ontvangst.' Er verscheen een glimlach om haar lippen. Een ijskoningin in haar element. 'U treft de mooiste, warmste zomer in veertig jaar en u wilt daar niet van genieten? Waarom maakt u niet een paar dagen gebruik van uw huis?

Dat hebt u nu toch. Uw oudoom hield van deze streek, misschien geldt dat ook voor u.'

Tja, dat was mogelijk. Ik hoefde in ieder geval niet extra voor een hotel te betalen. Terwijl ze mij naar de deur begeleidde, keek ik haar plots indringend aan. 'Mag ik u nog iets vragen? Kende u mijn oom? Persoonlijk, bedoel ik?'

Ze overwoog wat ze zou zeggen, dat kon ik aan haar zien. 'Ik heb hem ontmoet toen hij hier kwam voor de wilsbeschikking. Hij wist wat hij wilde en kon het goed genoeg uitleggen. Maar ik kende hem niet goed, niet echt.'

Ik keek haar even aan en grinnikte toen. 'Maakt niet uit. Ik ook niet.' Haar in verbazing achterlatend liep ik door de volgepropte kantoor- annex ontvangstruimte naar buiten.

*

Dat ging eigenlijk allemaal heel gemakkelijk. Het was heel raar om te beseffen dat ik de eigenaar was van het huisje waar ik vannacht voor het eerst van mijn leven naar binnen was gestapt, en eerlijk gezegd drong dat nog niet echt goed tot me door. Ik dacht aan Stijn. Wat zou hij ervan zeggen? Meer dan ooit wenste ik dat hij hier was. Ik kon wel doen of ik het allemaal zo goed wist, maar eerlijk gezegd werd ik in een stroomversnelling meegesleurd en snapte ik er zelf ook nauwelijks iets van. Wat moest ik nu doen? Ik had de documenten gelezen, en nog een keer, en nog een keer, en ik had het begrepen. Tenminste, dat dacht ik toch. Niettemin bleef het gevoel van onduidelijkheid aan me knagen. Wat moest ik doen met dat huis? En natuurlijk de hamvraag: waarom had oom Leo dit huis aan mij en Stijn nagelaten?

Eerst maar eens de dingen waar haast mee geboden was: ik moest nodig iets eten. Ik liep naar de overkant van het pleintje, waar de pub was. Ik had me ingehouden en maar twee van de koekjes gegeten die me bij de thee werden gepresenteerd, maar ik was onderhand zo flauw als wat. Boodschappen zou ik wel doen als ik meer dan tien pond te besteden had. Connor was nergens te zien, dus ik had nog wel even de tijd.

De pub was open en de geur van verse koffie en gebakken eieren kwam me tegemoet toen ik door de wijd openstaande deur naar binnen stapte. Dat zag je in Nederland gewoonlijk niet, dat je 's morgens al in een café terechtkon om er te eten. Achter de bar stond een vrouw, iets ouder dan ik, in een kasboek te schrijven. Ze keek op toen ik binnenkwam en knikte me vriendelijk toe. Ik ging aan de bar zitten en bestelde een ontbijtgerecht en een kop koffie, nadat ik snel had berekend hoe ik onder de tien pond zou blijven. Enkele minuten later viel ik hongerig aan op de toast, roereieren en bacon. De dame stond me eerst verbaasd en daarna geamuseerd aan te kijken en toen ik met een diepe zucht van voldoening mijn bestek neerlegde nadat ik het laatste flintertje ei van mijn bord had geschraapt, begon ze te lachen. 'Smaakte het?'

'Heerlijk,' zei ik en veegde mijn vingers en mijn mond schoon met een servetje. 'Ik viel om van de honger.'

Zonder iets te vragen vulde ze mijn kopje opnieuw. 'Ben je hier op vakantie?'

'Nou, nee, ik ben hier min of meer voor zaken, een beetje tegen wil en dank.'

'Ah. Dat klinkt niet echt fijn.'

'Het valt wel mee, hoor, het viel me alleen een beetje in mijn schoot en...'

'Shoooo!' schreeuwde ze plotseling en ze smeet een natte vaatdoek door de pub. Raak! Een kat die net probeerde zijn nagels aan de houten zijkant van een piano te scherpen, schoot onder luid en klagelijk gemiauw weg door de openstaande deur.

'Sorry,' zei ze en kwam achter de bar vandaan om de vaatdoek op te rapen. 'Da's zo'n zwerfkat die hier nogal eens binnenwandelt. Sinds kort denkt-ie dat ik een manicuresalon heb.'

Ik lachte. 'Dat is niet zo best voor de piano.'
'Nee, en als hij eenmaal als krabpaal gebruikt wordt, kan ik dat ding wel afschrijven. Is de koffie nog warm?'
Ik proefde, knikte en probeerde het merk van de piano te zien. Ze zag me blijkbaar geïnteresseerd kijken, waarop ze vroeg: 'Kun je spelen? Ga je gang, hij staat ervoor.'
'Mag dat?' Als er iets was wat ik miste tijdens vakanties, dan was het dat ik geen muziek kon maken. Ik was weleens een pianowinkel binnengelopen in Keulen omdat ik zo'n zin had om even te pingelen. De verkoper dacht dat ik piano's uitprobeerde om er eentje te kopen en had me mijn gang laten gaan, tot hij in de gaten had dat ik niet direct aanschafplannen had. Toen gooide hij het over een andere boeg en vroeg of ik in de zaak wilde komen werken. Zo niet, dan zag hij me liever vertrekken. Veronique en Tanja kwamen niet bij van het lachen toen ik het later vertelde.
De bardame maakte een uitnodigend gebaar. '*Be my guest.*'
Ik nam plaats achter de piano, sloeg de klep omhoog en begon een stukje te spelen. Een plaats als deze, daar hoorde lichte blues bij, zo'n lekker lome sound die paste in de pub. Terwijl de vriendelijke barjuffrouw de boel opruimde en ik speelde, dacht ik na over de volgende stap. Raitt had gezegd dat ik het best gewoon hier kon wachten. Hoewel ik niks liever zou willen doen dan op het vliegtuig stappen en dit hier achter me laten, kriebelde er iets ondefinieerbaars onder mijn huid. Ik had een huis. In Schotland. Waarom dat zo was, wist ik niet, en ik vermoedde dat ik het nooit te weten zou komen. Ik wist evenmin wat ik ermee moest doen. Want een huis betekende ook onroerendgoedbelasting, onderhoud en in mijn geval: kosten maken om steeds hierheen te komen. Opnieuw dacht ik aan mijn broer. Verdorie. Waarom moest hij uitgerekend nu zo onbereikbaar zijn?
'Je speelt goed,' zei de vrouw en ze zette een vaasje met bloemen neer op de pianokast. Ze was aantrekkelijk: lang en

slank, met dik donkerbruin haar dat ze uit haar gezicht had gestoken in een springerige knot. Haar opvallende, donkere ogen keken scherp de wereld in en ik vermoedde dat er niet veel was wat haar ontging. Maar ze had ook een heel warme lach en daarom intimideerde ze me niet.

Ik pingelde zachtjes verder. Toen ik vroeg of zij ook speelde, knikte ze. Ik schoof iets op zodat ze naast me op de kruk kon zitten. 'Kun je improviseren?' vroeg ik. 'Blues in F.' Ze speelde, zonder aarzelen, een deuntje over de akkoorden die ik voor haar neerlegde.

Toen we stopten grijnsde ze, net als ik, van oor tot oor. 'Te gek,' glunderde ze. 'Kom maar vaker.' Ze stak haar hand uit en stelde zich voor: 'Diana Lewis.'

Ik gaf haar een hand. 'Esther Williams.'

'Had jij net even honger,' zei Diana met een lachje.

'Ik ben vannacht hier aangekomen en er was niets eetbaars in huis.'

Een beetje verrast schudde ze mijn hand. 'Zit je in de Bed & Breakfast van de Kylies? Want die serveren toch een prima ontbijt.'

'Ik zit niet in een Bed & Breakfast,' begon ik, en legde vervolgens uit dat ik een akte moest komen tekenen waardoor ik opeens eigenaar was geworden van Marble House, en dat daar niets te eten in de kasten lag.

'Marble House? Maar was dat niet van die ouwe man?' zei Diana nadenkend. 'Hoe heette hij ook alweer? Leo, toch?'

'Klopt. Leo was mijn oudoom. Hij is een paar maanden geleden overleden.' Ik wierp af en toe een blik naar buiten om te kijken of Connor er al aankwam. Anderhalf uur had hij gezegd, en dat was nu wel zo'n beetje voorbij.

'Je oudoom? Gecondoleerd.' Diana's mond viel nog net niet open. 'Kwam hij niet uit Nederland of België of zo?' vulde ze zichzelf aan.

'Nederland. Ik ook.'

'Jij? O! Ik dacht dat je ergens uit Engeland kwam. Wauw. Ik wist niet eens dat hij familie had!'

Ik vertelde dat ik hem ook al jaren niet had gezien en hoe ik van mijn vakantieplannen afgebracht was. 'Dit is voor mij ook een grote verrassing. Ik heb opeens een huis.'

'Weet je al wat je ermee gaat doen?' vroeg Diana. 'Ga je er wonen?'

Wonen? Hier? O nee, geen sprake van. Het was hier wel mooi nu het zonnetje scheen, maar thuis had ik een baan, vrienden en een gezellige etage in het hart van Nijmegen. Dat ging ik echt niet zomaar vaarwel zeggen. Ik kon ook niet zonder Stijn – ik moest er niet aan denken om zo ver bij mijn broer vandaan te wonen. Ik zag al in gedachten voor me hoe hij zou reageren als ik vertelde dat de erfenis niet een landhuis in Frankrijk was maar een kleine, in de winter vast tochtige *cottage* in kil en winderig Schotland.

'Heb ik iets geks gezegd?' vroeg Diana bij het zien van mijn gezicht en ik grinnikte en schudde mijn hoofd. 'Nee hoor. Ik zat te bedenken hoe mijn familie zou reageren als ik zou zeggen dat ik naar Schotland verhuis.'

Diana lachte ook en knikte veelbetekenend. 'Zeg maar niks meer. Ik snap precies wat je bedoelt.' Toen, als bij toverslag, veranderde haar gezichtsuitdrukking. Ze keek langs mij heen naar wie of wat er achter mij stond. Even dacht ik dat de kat weer binnen was gekomen en zich nu te goed deed aan de planten, maar dat was het niet. Diana stond op, ik zag haar schouders spannen toen ze ingehouden zei: 'Wat moet jij hier?'

'Tut tut, Diana. Is dat een manier om een oude vriend gedag te zeggen?'

Nog voor ik me had omgedraaid, wist ik wie er binnen was gekomen: Connor.

'Een kop *Darjeeling* thee zou er wel ingaan,' zei hij nonchalant. Alsof hij niet begrepen had dat Diana hem niet gevraagd had of hij iets wilde drinken. Integendeel zelfs. 'Hallo Esther. Alles goed gegaan?'

Tot mijn schrik boog hij zich naar me toe en kuste me op mijn wang alsof we oude vrienden waren. Ik was te verbouwereerd om weg te duiken en keek zo ongeveer als verlamd toe hoe Connor een stoel pakte, hem vlak bij mij neerzette en er vervolgens achterstevoren op ging zitten. Zijn armen rustten losjes op de rugleuning. 'Wil je ook een kopje thee? Diana maakt een ijzersterk bakje. Haar *Darjeeling* is beroemd in de hele streek.' Hij boog zich iets naar me toe, waardoor ik een vleug opving van zijn aftershave. Hij rook lekker. 'Ze mengt het zelf, weet je. Jaja, Diana is de trots van Fillkennagh.'

Dat kon dan wel zo zijn, maar Diana was niet blij met de complimenten van Connor. Ze kwakte een grote kop voor hem neer, de thee klotste over de rand. De spanning tussen die twee was zo sterk, dat ik me er ongemakkelijk bij voelde en verlegen naar het tafelkleedje keek. Zou ik misschien een stukje gaan tingelen op de piano? Dan kon ik net doen of ik hier niet was, een beetje achtergrondmuziek verzorgen. Fantastisch, Esther. Hoe kreeg ik het verzonnen? Achtergrondmuziek bij de spanning die als een donderwolk boven hun hoofden hing. Wat wou ik spelen? Het *Requiem* van Mozart?

'Diana, Diana. Niet zo stug. Kijk nou eens wat je doet – Esther weet niet wat ze ermee aan moet. Trek je er maar niets van aan, hoor, het heeft niets met jou te maken. Diana heeft een beetje last van territoriumdrang als ik in de buurt ben.'

'Connor...' Ik probeerde me te onttrekken aan wat er tussen hen speelde. Partij kiezen, daar had ik helemaal geen zin in. Ik keek snel naar Diana, maar die keek zo woedend dat ik vlug mijn ogen weer afwendde en in mijn tas op zoek ging naar mijn portemonnee. 'Wat krijg je van me, Diana?'

Diana krabbelde een paar getallen op een papiertje en rukte het velletje van het blok af. Ze had zo nijdig geschreven dat ze met de pen door het papier heen was gegaan. Zes pond, tachtig pence. Ik trok de rits van mijn portemonnee al open toen Connor zijn hand op de mijne legde en vriendelijk zei: 'Stop dat maar weg. Deze is voor mij.'

'Dat is heel aardig, maar...'

Connor had zijn thee nog niet eens aangeraakt. 'Niks te maren. Ik trakteer.' Hij plukte de rekening van de tafel, stak die zonder ernaar te kijken in de binnenzak van zijn colbert en legde een briefje van twintig neer. Daarna glimlachte hij naar Diana, die eruitzag alsof ze zijn bloed wel kon drinken. 'Dit moet genoeg zijn, Diana. Zullen we gaan, Esther?'

Hij stond op en hield hoffelijk voor mij de stoel achteruit toen ik ook vlug overeind kwam. 'Dag Diana,' zei ik zachtjes. 'Bedankt voor alles. Misschien kunnen we nog een keer samen pianospelen?'

'Misschien,' zei ze. Het was geen snauwen. Net niet. Ze keek me ook niet aan toen ze het zei. In plaats daarvan boorde haar blik zich in die van Connor, die op zijn gemak zijn jasje wat recht trok en naar buiten drentelde. 'Dag Diana,' riep hij toen hij op de drempel stond en het zonnetje in stapte. 'Altijd leuk je weer te zien.'

En met die woorden liep hij fluitend de pub uit. Ik haastte me achter hem aan. Naar Diana omkijken durfde ik bijna niet meer, maar toch wuifde ik nog een keertje voordat ik instapte. Ze zwaaide niet terug.

'Wat was dat allemaal?' vroeg ik toen we het plein afreden. Ik had het gevoel dat Diana ons nakeek tot we het dorp uit waren, en ik had een bittere nasmaak in mijn mond van wat begonnen was als een heel leuke ontmoeting.

Connor schakelde en sloeg rechtsaf zodat we weer op de hoofdweg kwamen die naar Brackloch leidde. Ik wilde gillen dat hij aan de verkeerde kant van de weg reed, maar hield me nog net op tijd in. Connor merkte dat ik verstijfde, maar hij koppelde het aan de verkeerde reden: 'Hé, rustig maar, ik ben geen massamoordenaar of zo.'

'Dat zeg ik toch ook niet?'

'Niet? Je zit er anders bij of je elk moment uit de auto kan springen. Wil je eruit? Moet ik stoppen? Je hoeft het maar te zeggen.' De luchtige toon van net was verdwenen. Hij klonk geïrriteerd, een beetje boos zelfs.

'Dat is het helemaal niet. Ik... die... Die notaris deed zo uit de hoogte,' zei ik vlug. 'Het begint nu pas allemaal een beetje tot me door te dringen. En dan ontmoet ik in de pub iemand die aardig voor me is, kom jij binnen en meteen slaat het weer om. Vind je het gek dat ik gespannen ben?'

Connor zuchtte en knikte. 'Neem me niet kwalijk, je hebt gelijk. Je hebt niets gezegd waardoor ik me zo nijdig moet maken. Het is alleen zo vaak hetzelfde liedje... Zodra Diana de bokkenpruik opzet, kan ik wel naar huis gaan, want iedereen kiest haar kant.'

'Ik weet niet eens wat er tussen jullie aan de hand is. Hoe kan ik dan partij kiezen?' Ik draaide, ondanks de airconditioning in de auto, het raampje een stukje open. Het was heerlijk weer en de frisse lucht op mijn wangen en door mijn haren vond ik lekker. Het nam ook meteen de wat onaangename stilte die tussen ons hing gedeeltelijk weg. Connor reed stevig door, maar niet roekeloos, en pas toen hij stopte voor een zebrapad waar een oud dametje met haar poedeltje overstak, draaide hij zich naar me toe. De vriendelijke, charmante glimlach was er niet meer. Hij keek pijnlijk getroffen en ik voelde medelijden opwellen.

'Diana en ik hadden al drie jaar een relatie toen ik haar op een dag aantrof met mijn beste vriend. Op mijn beste vriend, kan ik beter zeggen. Het was voorbij, ze koos voor hem en ik was ze kwijt: mijn vriendin, een vriend die ik al sinds mijn kinderjaren had en in hun kielzog ook een hoop vrienden en kennissen. Een klein jaar later stond ze op een avond voor mijn deur: ze was weg bij hem en wilde bij mij terugkomen. Maar ik had daar geen behoefte meer aan. Ze deed haar uiterste best, maar wat mij betrof was het voorbij. Diana bleef aanhouden, zelfs toen ik een nieuwe vriendin kreeg. Ze maakte het ons echt moeilijk. Als ze iets in haar hoofd heeft, is ze nauwelijks om te praten. Maar ik ging er niet voor, ik had echt geen zin meer om opnieuw iets met haar te beginnen. Voor zover ik weet is Diana nog steeds alleen. Sindsdien doet ze zo tegen mij en ik heb geen zin in zulk onvolwassen gedrag.'

Onvolwassen? Alsof hij zo volwassen deed toen hij me op mijn wang zoende. Dat had echt niet zo opvallend hoeven zijn, een gewoon *Hoi Esther* was meer dan voldoende geweest. Hij deed het alleen maar om Diana uit te dagen. Connor zag me denken, want hij draaide zich abrupt van me af en duwde bruusk op het gaspedaal. 'Jij vindt zeker ook dat ik haar terug had moeten nemen,' zei hij bitter.

'Nee, dat vind ik niet. Hoe kan ik er nou over oordelen? Ik zie alleen maar twee mensen die elkaar nog nét niet aanvliegen. Ik weet niets van jouw achtergrond en ook niet van Diana, dan kan ik toch ook geen partij kiezen? Luister eens, Connor – ik ben echt superblij met jouw hulp. Dat ik bij Diana uitkwam om een hapje te eten, is puur toeval. Trouwens, nu ik erover nadenk is dat niet eens waar. Jij hebt gezegd dat ik daar wat te eten kon krijgen. Je moet toch geweten hebben dat Diana daar zou zijn?'

'Omdat *The Golden Goose* de enige gelegenheid is in heel Fillkennagh, ja,' snauwde hij. We hadden ondertussen Brackloch bereikt en Connor draaide het parkeerterrein bij een flink winkelcentrum op. 'Daar is de bank en aan de noordzijde is een flinke supermarkt.'

Een ogenblik zat ik besluiteloos naast hem. Toen legde ik aarzelend mijn hand heel even op zijn arm. 'Hartstikke bedankt, Connor, voor alles wat je voor me gedaan hebt.' Het voelde bijna verkeerd om het te zeggen na zijn uitbarsting van net en mijn wangen werden warm, maar Connor lachte weer en verdreef daarmee in een klap de donkere wolken.

'Het is mijn favoriete hobby: dames in nood met auto's die in de rozen belanden veilig bij de supermarkt afzetten.'

'En je ex-vriendin tijdens het proces ook nog een keertje een por geven,' lachte ik en nu grijnsde Connor ook en knikte. 'Natuurlijk. Alles voor de goede zaak.'

'Je had me die kus niet hoeven geven,' zei ik. 'Je had ook gewoon *hallo* kunnen zeggen en wachten tot ik betaald had.'

'Die kus was spontaan en gemeend. Je bent een leuke meid. Anders dan de vrouwen die ik ken. En ik moet nog uitvinden waar je vandaan komt, maar dat komt nog wel.' Hij stak zijn hand uit en ik schudde die. 'Nogmaals: hartstikke bedankt.'

Ik stapte uit en Connor ook, maar hij bleef met zijn rug tegen de binnenkant van het portier staan. Hij wees naar links. 'Een eindje verderop is een taxistandplaats. Ze hebben hier echte auto's met motoren. Vorig jaar zijn de ossenkarren en de lastdieren eindelijk met pensioen gegaan.'

Weer kreeg ik een kleur. Touché. Dat was mijn eigen schuld, had ik maar niet moeten doen of ik hier in de bush-bush was beland. 'Tot ziens dan maar,' zei ik en na een laatste knikje draaide ik me om en liep naar de bank.

'Esther! Hoelang blijf je nog?!' riep Connor. Zijn stem verwaaide wat door de harde wind.

'Weet ik nog niet. Een paar dagen in ieder geval!' riep ik terug.

Connor liet de deur van zijn auto dichtvallen en rende snel over het parkeerterrein naar me toe. 'Zullen we een keer uit eten gaan?'

'Een date?' vroeg ik voor de zekerheid.

'Een date.'

Ik dacht erover na. Twee seconden of zo. Toen knikte ik.

*

Brackloch was een leuke plaats, met slingerende smalle straatjes vol knusse winkeltjes die in oude panden waren gevestigd. Het was er gezellig druk, veel mensen kwamen hierheen om hun vakantiegeld uit te geven. Tot mijn eigen verbazing moest ik toegeven dat het net zo levendig en sfeervol was als een Italiaanse badplaats, en ik liep winkel in en winkel uit. Het leukste was dat er niet één winkel was die ik al kende uit een wereldwijde keten. Alles was nieuw en anders, elke zaak was een verrassing. In zo'n plaatsje als Brackloch verwachtte ik geen topdesigners aan te treffen, maar er was een klein, chique winkeltje waar ik onder andere een avondjurk zag hangen van Armani. Ik stond er een poosje geboeid naar te kijken. Ik rekende om van euro's naar ponden en vice versa. Onvoorstelbaar, wat een bedragen. Met het loon van een lerares kon ik daar alleen maar van dromen. Van zoveel geld ging ik liever op vakantie...

Toch kocht ik een supermooi zalmroze vest van glanzende angorawol, een lekker dik glossy magazine dat in Nederland onbetaalbaar was en een Diesel-jeans die zo goed zat dat ik hem onmogelijk kon laten hangen. Ik was toen al ruim over mijn taks heen. Maar goed, voor deze ene keer mocht het. Het vest en de jeans waren afgeprijsd vanwege de opruiming, en het was toch geen Armani of Versace. Verder vermaakte ik me met snuffelen in al die leuke zaakjes. Alleen rondlopen in Brackloch was al leuk.

Ik was er al bijna aan voorbijgelopen, maar vanuit mijn ooghoeken zag ik net op tijd een linnenzaak. Ik besloot ter plekke dat ik een set beddengoed zou kopen. Afgelopen nacht was ik te moe geweest om er iets van te merken, maar ik wist zeker dat ik vanavond zou liggen griezelen van de oudemannetjesgeur of het idee dat oom Leo eronder had gelegen. Een lekker schoon bed zou dat in ieder geval al helpen voorkomen.

Als laatste kocht ik een mooie, geruite McGregor-sjaal als bedankje voor Frank. Ik had staan dubben tussen een doos chocolaatjes en een sjaal en had ze uiteindelijk beide gekocht. Misschien maakte ik de chocolaatjes zelf wel soldaat. Ik vroeg me af of ik ook iets voor Connor moest kopen – per slot van rekening had hij me ook zomaar geholpen. Maar ik besloot te wachten tot na onze date, omdat ik dan beter wist waar ik Connor blij mee zou kunnen maken.

Uren later, na mijn honderd procent meegevallen ontdekkingstour van Brackloch, moest ik nog boodschappen doen. Even stond ik met mijn tassen en pakjes een beetje hulpeloos om me heen te kijken. Ik kon ze toch moeilijk meenemen in de supermarkt. Een behulpzame meneer wees me gelukkig op een rij kluisjes en de boodschappen waren sneller gedaan dan ik had gedacht. Ik had zelfs van die speciale verloopstekkers gevonden, wat mijn humeur nog beter maakte: mijn telefoonoplader, mijn föhn, mijn elektrische tandenborstel en de oplader van mijn iPod kon ik tenminste weer gewoon gebruiken. Toen ik even later in een taxi zat, voelde ik me moe maar supervoldaan.

Mijn telefoon ging. Ik had hem niet meer kunnen opladen, dus de batterij was al bijna leeg. Ik had hem ook niet meer gebruikt, juist om dat laatste restje te sparen voor noodgevallen, maar nu wist ik dat het weer kon. Het was Veronique die belde.

'Veer!' riep ik blij. 'Hoe is het?'

'Hoi, Essie. Prima, hoor. Een beetje jammer alleen van de regen. Maar hoe gaat het met jou? Is het gelukt?' Veronique klonk vrolijk en ik hoorde geluiden van een televisie op de achtergrond. In grote lijnen vertelde ik hoe mijn dag verlopen was.

'Wat is het voor huis?' vroeg ze nieuwsgierig.

'Klein, zo'n echte Engelse *cottage*. Maar het uitzicht is fenomenaal, het ligt op de top van een heuvel en kijkt uit over een baai met een strandje.'

'Hmm. Ik kijk hier *as we speak* tegen de ongewassen vitrage van de overbuurman aan. Af en toe ook tegen de ongewassen overbuurman zelf. Die flats hier hebben niet echt een Saint Tropez-uitstraling,' klonk het afkeurend. Ik lachte en zij ook.

'Schotland is hartstikke mooi, wist je dat? Het is hier heel ruig en bergachtig en groen.'

'Als het ergens groen is, regent het er veel,' zei Veronique waarschuwend. Toen met een zucht erachteraan: 'Dat doet het hier trouwens ook en het is hier niet eens groen.'

'De kans op mooi weer is vast veel groter waar jij bent,' troostte ik haar.

'*Oui, c'est vrai, ma petite.* Ik ben in Frankrijk. Het komt allemaal in orde. Waar ben je trouwens? Je klinkt een beetje vreemd.'

'Ik zit nu in de taxi naar huis. Morgen ga ik een eindje rijden met de auto van oom Leo. Dan ben ik tenminste niet meer zo afhankelijk van anderen.'

'Morgen? Maar ik dacht dat je zo snel mogelijk deze kant op zou komen.'

'Nee, ik moet hier nog een paar dagen blijven. Ik weet niet precies hoelang. Er komen nog formulieren die ik moet tekenen, en een overdracht, en dat zou aan het eind van de week zijn. Vertel eens, hoe is het daar?'

'Klote. Het regent al sinds we aangekomen zijn. Tanja zit in de slaapkamer voor de tv, want ze wil Roland Garros zien en ik kijk in de huiskamer naar *Mamma Mia* in het Frans. Heel raar.' Opeens veranderde haar toon. 'Je bent er toch wel als Han komt, hè? Want ik heb echt geen zin om het vijfde wiel aan de wagen te zijn.'

'Tuurlijk. Dat is pas volgende week, dan is het hier allemaal allang afgerond. En in het gekste geval stap je op het vliegtuig en kom je hiernaartoe. Hier is het in ieder geval prachtig weer!' zei ik. Ik zag de chauffeur in zijn spiegeltje nog eens naar me kijken. Misschien zat hij zich nu af te vragen waar ik vandaan kwam.

'Is het er niet bloedsaai? Zo'n dorp waar driehonderd man

woont? Daar is toch niks te beleven? O, Tanja roept *hoi*.'

'Zeg maar *hoi* terug tegen Tanja. Het valt geloof ik wel mee. Bij gebrek aan beter ga ik me gewoon verdiepen in de plaatselijke dorpsroddel. Het is hier trouwens toch niet zo duf als je denkt. Brackloch ligt op een kilometer of vijftien en dat is echt een hartstikke gezellig plaatsje. Ik heb vanmiddag een echte *draught* gedronken op een terras in de zon. Volgens mij ben ik zelfs een beetje verbrand!'

'Nou, heel fijn,' zei Veronique sarcastisch en ik hoorde Tanja iets roepen. 'Ze houdt niet op over Han,' fluisterde Veronique. 'Ik word er een beetje mesjogge van. Kom alsjeblieft gauw. Als ik nog veel langer moet aanhoren hoeveel uren, minuten en seconden het nog duurt voor ze herenigd zijn, sta ik niet voor mezelf in.'

Ik schaterde. 'Veer, dat is maar tijdelijk, een vlaag van verstandsverbijstering. Als Han er is, wordt het wel minder. Dan gaat ze na verloop van tijd vanzelf tellen hoelang het duurt voor ze weer haar eigen gang kan gaan.'

Een diepe zucht kwam door de hoorn en ik lachte opnieuw.

'Nou, laten we het hopen. Heb je nog iets van Stijn geoord?' vroeg ze.

'Nope, niks. Hij is *incommunicado*. Ik heb hem al tientallen berichtjes gestuurd en zijn voicemail ingesproken, dus ik hoop dat hij mij belt zodra hij aan land is.'

'Hm. Wat ga je nou doen met dat huis? Verkopen zeker. Wat moet je met zoiets? Van het geld kun je beter iets moois kopen in Nijmegen,' mijmerde Veronique.

'Ik weet het echt nog niet. Ik wil eerst met Stijn bespreken hoe...' Drie harde piepjes onderbraken het gesprek. 'O, Veer, ik moet ophangen, de batterij is leeg,' zei ik vlug, want ik wist uit ervaring dat binnen een minuut de koek op was. 'Ik weet nog niet wat ik ga doen. Veel plezier daar en tot gauw!'

'Ja, jij ook. Bel je me als je Stijn te pakken hebt? En kom maar gauw hierheen. Doeg!'

Ik stopte de telefoon terug in mijn tas en enkele minuten later stopte de chauffeur voor de deur van Marble House. Hij zette behulpzaam mijn spullen voor de voordeur neer, ik betaalde hem en ik ging naar binnen toen hij wegreed. Ik zette de boodschappen in de keuken, gooide mijn tassen op de bank en ging met een blikje cola in de tuin zitten. Het werd tijd dat ik ging plannen wat ik de komende tijd ging doen. De eerste paar dagen zat ik hier nog wel en dus besloot ik dat ik de kasten en lades zou leeghalen, net zoals ik had gedaan in de flat van oom Leo in Enschede. Hopelijk kwam ik dan papieren tegen waaruit zou blijken waarom hij Stijn en mij dit had nagelaten.

Wat zouden de mensen in Fillkennagh weten van oom Leo? Was hij gewoon een toerist die af en toe hierheen kwam om rust te zoeken en zocht hij geen contact met de dorpelingen, of leidde hij een soort dubbelleven in Schotland? En als dat zo was, hoe stond hij dan bekend in Fillkennagh?

Mijn gedachten gingen als een squashballetje heen en weer. Hoe meer ik dacht, hoe warmer en sneller het balletje werd en hoe verwarrender mijn gedachten werden. Als niemand in Nederland wist dat hij hier een huis had, dan wist de Belastingdienst dat misschien ook niet? Kon je zoiets verborgen houden? Dat was strafbaar, wist ik. Maar het kon ook best zijn dat hij er wel netjes aangifte van deed. Wat betekende dat voor mij, nu ik eigenaar was geworden? Dat ik meedeed aan belastingontduiking, of dat ik straks een jaarlijkse heffing kreeg omdat het wel bekend was bij de belasting? Opeens sloeg de schrik me om het hart. Wat nou als oom Leo dit allemaal verborgen had gehouden en het kwam binnenkort uit? Zou ik dan een gigantische naheffing krijgen, omdat ik de – hoe had Raitt dat ook alweer gezegd – rechten en plichten ook had overgenomen? Daar had ik immers voor getekend?

Wat me nog steeds een raadsel was: waarom? Waarom had oom Leo Stijn en mij dit nagelaten? Waarom had hij het niet aan mijn ouders gegeven? Pa was zijn directe neef, ik was alleen maar een achternichtje. We hadden elkaar al jaren niet meer gezien, wat had hem ertoe aangezet om zoiets te doen? Als ik net als oom Leo in een verzorgingshuis zat, zou ik misschien eerder een vriendelijke zuster wat geven dan een achterneef en achternicht die het verdomden om langs te komen. De regeling waar Jasmin Bellar mij op had geattendeerd, dat het huis geveild zou worden als het langer dan een jaar na dagtekening van het testament niet opgeëist was, vond ik logisch klinken. Leegstand was achteruitgang, daarvan was ik overtuigd. Maar de logica in de keuze van erfgenamen was ver te zoeken.

Hoe vaak zou oom Leo hier geweest zijn? Had hij hier ooit echt gewoond of was het een vakantiehuis? Nee, dat kon haast niet. Je zette toch geen auto bij je vakantiehuis neer? Of misschien wel, als je maar genoeg geld had. Maar als hij genoeg geld had, waarom was zijn flat in Enschede dan zo'n triest krot geworden? Dan had hij toch iemand kunnen huren om het voor hem bij te houden, zoals hij dat hier ook deed?

Vragen, vragen en nog meer vragen. Mijn hoofd tolde ervan. Ik miste Stijn vreselijk op dit moment. Als het aankwam op beslissingen die er echt toe deden, hadden we elkaar nodig. Of het nu ging om kleine dingen of om grote, overleggen met de ander was dagelijkse kost in ons leven. Door omstandigheden had ik in minder dan twee dagen tijd een enorme verantwoordelijkheid op me genomen. Als het welk ander moment dan ook in het jaar was geweest, had ik kunnen overleggen met mijn broer. Al ons hele leven lang deelden we alles. En net nu ik hem het hardst nodig had, was hij letterlijk in geen velden of wegen te bekennen.

Wat zouden pa en ma ervan vinden? Die hadden helemaal geen idee van wat er speelde. Het enige wat ze meegekregen hadden van mijn telefoongesprek, was dat ik naar Schotland moest komen, maar ik had ze nog niet eens gebeld om te vertellen wat er allemaal gebeurd was.

Met de oplader erin, het snoer bengelend tegen mijn blote arm, pakte ik de telefoon en belde nog een keer naar Stijn – natuurlijk zonder resultaat. Toen belde ik mijn ouders, maar die waren niet thuis. Ma's mobieltje zou wel uit staan en ergens diep onder in haar tas liggen, met een lege batterij. Ze was er niet zo handig mee. Ik móést met iemand praten, nu. Ik voelde me opeens zo ongelukkig dat ik niet wist hoe snel ik een klankbord moest vinden. Mijn beste vriendin. Die leefde zo ongeveer met de telefoon in haar hand. Na twee keer overgaan nam Veronique al op.

'Hoi! Ben je er weer? Alles goed?' vroeg ze meteen.

'Veer, ben ik hypocriet als ik dit huis accepteer?' viel ik met de deur in huis.

'Wacht even, wat zeg je nou?'

'Of ik een inhalig kreng ben!' riep ik met overslaande stem. 'Ik moest niks hebben van mijn oom, ik heb hem jaren niet gezien, ik heb dat contact verwaarloosd, en opeens krijg ik zomaar een huis en als ik nou echt trouw aan mezelf was, zou ik de hele boel gewoon laten voor wat het was. Dan ging het geld maar naar de gemeente. Maar wat doe ik? Ik stort me erop. Ben ik een geldwolf? Ben ik zo slecht?'

'Doe niet zo raar,' zei Veronique afgemeten. 'Je hebt je er niet op gestort. Je hebt het over je heen gekregen, sterker nog, iemand anders heeft het over jou heen gegooid. En je hebt nauwelijks tijd gehad om er goed over na te denken! Gistermorgen waren we nog thuis, in Nijmegen, weet je nog? En nou opeens gooi je met woorden als inhalig kreng en geldwolf? Je bent niet goed bij je hoofd. Is de Schotse whisky soms een beetje naar je hoofd gestegen? Of heb je iets te lang in de zon gezeten?'

'Het voelt zo... zo fout. Ik had de laatste jaren best naar oom Leo toe kunnen gaan, ik was toch niet meer afhankelijk van mijn ouders? Ik heb hem niet eens een verhuisberichtje gestuurd toen ik op mezelf ging wonen! De kerstkaarten die hij stuurde kwamen bij pap en mam aan omdat hij dacht dat ik daar woonde. En ik heb hem nooit opgezocht. De eerste keer dat ik in die flat was, was na zijn overlijden.'

'Je zoekt spijkers op laag water. Heeft hij jou weleens gebeld of uitgenodigd?'

'Nee, maar...'

'Nou dan!'

Misschien was het de vermoeidheid of de spanning die van me af begon te glijden, maar ik kon niet voorkomen dat ik begon te jammeren als een klein kind. 'Veer, wat moet ik er nou mee doen?'

'Wat dacht je van verkopen?' Ze stelde de vraag alsof ze me een ongelooflijke oplossing voorschotelde, die zo logisch was dat ze niet snapte waarom ik dat zelf niet bedacht had. 'Of was je van plan er te gaan wonen nu je het zo ziet?'

'Nee, natuurlijk niet! Wat moet ik in godsnaam in dit oord doen? Maar als ik het verkoop, is het effect toch hetzelfde? Dan heb ik geen huis, maar uiteindelijk toch een heleboel geld dat afkomstig is van oom Leo.'

Veronique zuchtte. 'Ik begrijp je niet, hoor,' zei ze. 'Wat doe je nou moeilijk?'

'Het is een principekwestie!' riep ik uit. 'Snap dat dan! Als het die gore flat in Enschede was, zou ik geen enkele moeite hebben om nee te zeggen.'

'Maar nu blijkt dat het een schattig optrekje is, wordt het opeens minder makkelijk om principieel te zijn, hè?' begreep Veronique.

'Precies. Als het gaat om iets onbeduidends, dan hoef je er niet eens twee keer over na te denken. Maar nu...'

'Luister. Wat brengt dat huis op als je het verkoopt?'

'Geen idee. Echt geen flauw idee. Er zit veel grond bij, dat wel. En het uitzicht is fantastisch.'

'Nou, pak 'm beet, vijftigduizend euro? Of pond? Als je er

toch niets mee doet, kun je het geld aan een goed doel geven. Maar eerlijk gezegd vind ik het belachelijk als je dat zou doen. Steek het toch in je eigen zak. Je hebt je oom toch niet het mes op de keel gezet en hem gedwongen om het huis aan jullie na te laten?'

'Nee, maar...'

'Nou dan. Die man heeft dat zelf zo geregeld. Neem het ervan, zou ik zeggen. Wat denk je trouwens dat Stijn ervan vindt?'

'Die zou me ook voor gek verklaren als ik vijftigduizend pond zomaar weggaf,' zei ik somber.

'Precies. Een man naar mijn hart. Je bent lerares, geen miljonairsdochter, Es. Je kunt best wat extra's gebruiken. Dit valt je zo in je schoot, een geschenk uit de hemel. Gooi het niet zomaar weg.' Veronique klonk zowel ernstig als luchtig. Toen ze me hoorde zuchten, zei ze: 'Wat je ook doet, ga niet overhaast te werk. Dat huis gaat nergens heen. Denk er eens een tijdje over na, slaap er een nachtje over. Of liefst een maand. Als Stijn terug is, moet je het met hem bespreken en kijken wat jullie ermee gaan doen.'

'Uh-uh.' De zon scheen in mijn ogen en ik rustte met mijn hoofd tegen de koele, wit gepleisterde muur. 'Wat ík ermee ga doen. Stijns aandeel is verbeurd verklaard aangezien hij er niet is. Tenzij hij nog als door een wonder voor twaalf uur vanavond hier opduikt en de akte ondertekent. Maar daar ga ik maar niet van uit.'

'Ik ga ophangen, want anders heb je dat geld van de verkoop heel hard nodig om de telefoonrekening te betalen, liefje,' zei Veronique. 'Je maakt je veel te druk. Laat het allemaal even op zijn beloop, je komt vast wel meer te weten. Weggeven kan altijd nog. Blijf nou maar gewoon rustig zitten. Of nee, doe dat vooral niet! Je moet hierheen komen, want ik vlieg Tanja bijna aan.'

'Dat zul je toch alleen moeten fiksen,' zei ik met een diepe zucht. 'Ik zit hier in ieder geval nog de hele week vast. Papierwinkel, officieel gedoe en zo.'

'Wat? Een week?'

'Deze week, zei ik. Maar misschien wordt het wel een hele week. Ik bel je zodra ik iets weet.'

'Nog één vraag – heb je daar internet?' vroeg Veronique snel.

Ik liet een schamper lachje horen. 'Internet? Veer, dat kunnen ze hier nog niet eens spellen.'

'Jammer, anders kon je mailen. Nou, ik stop ermee, hoor. Tot gauw!'

'Doei!'

Ik dacht over mijn eigen woorden na. Deze week, misschien zelfs nog wel langer. Goed, dat betekende dat ik wat moest ondernemen. Eerste voornemen: morgen met de auto rijden. Tweede voornemen: de sjaal naar Frank brengen.

Ik stond op, mikte het lege colablikje in de metalen vuilnisbak en liep naar binnen. Plannen voor vanavond: boodschappen opruimen, wat eten voor mezelf maken en daarna mijn koffer een beetje uitpakken. Als ik hier dan toch wat langer bleef, kon ik het mezelf net zo goed wat makkelijker maken.

5

Koppeling in, handrem erop, in z'n vrij, het contactsleuteltje omdraaien en met mijn andere hand het knopje op het dashboard indrukken. Lichtelijk nerveus controleerde ik nog een laatste keer (pas drie keer gedaan) of ik niets vergat. De ene deur van de garage stond open, de andere lag nog steeds in stukken buiten, tegen de zijmuur. Mentale notitie: Hugh vragen of hij een nieuwe deur kan plaatsen. Van de brokstukken zou hij waarschijnlijk ook niets meer kunnen fabrieken. Over Hugh gesproken – zou die nog wel komen? Hij had gezegd van wel, maar was mij natuurlijk niets verplicht. Ik betaalde hem tenslotte niet om oom Leo's tuin – míjn tuin – te onderhouden.

Esther, houd je aandacht erbij. Auto. Vrijheid. Rondrijden. Gas geven. Hugh is even niet belangrijk.

Meteen sloeg de motor van de MG aan en toen ik voorzichtig op het gaspedaal duwde, hoorde ik de auto reageren. Voorzichtig zette ik de wagen in de eerste versnelling. *O boy.* Wat raar, die pook aan de linkerkant! Ik zag mezelf al instinctief reageren als ik moest schakelen en met mijn hand rechts tegen de deur aan zitten in plaats van de pook onder mijn hand te voelen. Als dat maar goed ging...

Maar de auto reageerde heel soepel. Hij rolde toen ik heel behoedzaam de koppeling liet opkomen, langzaam een stukje naar voren, en hij stuurde licht toen ik de weg opdraaide aan het eind van het opritje. Ik gaf wat gas bij en dankte God op mijn blote knietjes dat er geen verkeer op de weg was. Het was zo ongelooflijk rustig hier. Vannacht was ik twee keer wakker geworden van de stilte. Het is raar dat het zo stil kan zijn dat het je omringt, alsof je een deken hebt omgeslagen en je hoofd er ook onder zit. Zo voelde het een beetje. Niet gewend aan de rust was ik een paar keer wakker geworden van een uil die zat te oehoe-en in een boom achter het huis.

Maar nu was ik blij met de verlaten weg. Het was wel wennen. De MG was wat dat betreft een echte sportwagen: aërodynamisch en laag bij de grond. Het zicht vanaf deze hoogte was anders dan ik gewend was, maar ja, alles aan deze auto was anders dan ik gewend was! Ik gaf meer gas, voelde de wind op mijn gezicht en in mijn haren en was verrukt dat de wagen zo lekker reed. De kap zat opgevouwen onder het dekzeil, de ramen waren naar beneden, ik reed in een sportieve auto rond als een echte diva. Het ging veel makkelijker dan ik had gedacht. *Links rijden, links schakelen*, zei ik tegen mezelf, wel honderd keer achter elkaar. Ik kneep in het stuur met mijn linkerhand om het nog beter tot me te laten doordringen, totdat ik opeens af moest remmen. Een rotonde. In het midden was het verkeerspleintje verhoogd met een schitterend bloeiend perk vol roze en oranje bloemen, maar dat was zo hoog dat ik de andere kant van de rotonde niet kon zien. De mogelijke andere verkeersdeelnemers werden verborgen door begonia's, salvia's en afrikaantjes.

O help. Moest ik die rotonde nu rechtsom of ook linksom nemen? Zat er nou maar iemand voor me! Dan kon ik die gewoon achterna rijden! Linksom leek het meest logisch gezien al het links-links-links dat ik mezelf als een mantra had ingefluisterd, maar ik was er niet zeker van en het voelde ráár om die kant van het verkeerspleintje op te sturen. Dan toch maar rechts? Op televisie zag je toch ook nooit dat ze linksom reden? Als ze dat deden, was me dat vast wel opgevallen.

Links.

Rechts.

Of toch links?

Of was het nou wel rechts?

De afstand tussen mij en het plein werd kleiner en kleiner. Ik moest nu beslissen, stuurde naar rechts en op het aller-, allerlaatste moment gaf ik een ruk aan het stuur en schoot ik naar links.

'AAAAAAH!' Met een gegil dat door merg en been ging, zowel van mij als van de banden van het sportautootje, trapte ik uit alle macht op de rem en stuurde blindelings van de weg af. Hortend en stotend schoot ik van het asfalt, over de ongelijke berm, rakelings langs een heg en bolderde het veld door om dertig meter verder met een schok tot stilstand te komen.

Hijgend van de schrik draaide ik me om. Daar stonden, midden op de weg, een stuk of twintig zwart-witte koeien. Het had nauwelijks iets gescheeld of ik had een aanrijding met zo'n lopend stuk bieflap gehad. Ik had ze met geen mogelijkheid kunnen zien vanwege die bloemenberg, en als ik niet zo behoedzaam had gereden omdat ik niet zeker van mijn zaak was, was ik er beslist in volle vaart tegenaan geknald. Of ik van links of van rechts aangekomen zou zijn, had dan óók niet uitgemaakt, aangezien ze de hele weg in beslag namen!

De koe zou het loodje hebben gelegd. Of ik. Of mijn wagen. Zou een auto dat overleven? Want jee... Wat was een koe groot van dichtbij. Er sjokte er eentje aan mijn autootje voorbij, keek me een keer aan met haar mooie, grote ogen en loeide klagelijk, op zo'n toon van: wat moet jij hier? Dit is mijn wei!

Achter me hoorde ik gemopper en onduidelijk gebrom, en toen ik me omdraaide in mijn stoel zag ik een klein mannetje in een bruine tuinbroek naderen. Het weinige haar dat hij had was spierwit en stak onder een stoffig petje uit. Toen hij bij mijn auto stopte, zag ik dat zijn gezicht verweerd was van een leven lang buiten werken. Hij keek zowel boos als geschrokken en vroeg iets of zei wat tegen me, maar ik kon hem niet verstaan. Dat kwam vast en zeker omdat hij nog maar twee tanden in zijn mond had.

'Het spijt me, meneer, ik begrijp u niet,' zei ik.

Hij legde zijn ruwe handen op het portier en bromde nog iets. Ik knipperde als een bijziende mol, want ik begreep er niets van. 'Wat zegt u?' vroeg ik nog eens beleefd, hoewel tamelijk wanhopig. Hoe moest ik daar nou wat van maken?!

'*Yer carrrr, lass!*' riep hij ongeduldig en tikte met zijn eeltige vingers op de wagen en wees daarna naar de grond. Toen begreep ik wat hij bedoelde: of ik mijn auto weg kon krijgen! Want ondanks het warme weer was de grond hier tamelijk vochtig en toen ik over het portier omlaag keek, zag ik dat de wielen een behoorlijk eind in de blubber waren gezakt. Ik startte de auto weer, maar het enige wat er gebeurde was dat de wielen rondspinden en klodders modder omhoog smeten. De auto kwam geen centimeter van zijn plaats.

Het oude kereltje begon weer tegen me te praten, maar hij had al vlug in de gaten dat ik hem nauwelijks verstond. Hij haalde zijn schouders op, maakte een wegwerpgebaar met zijn hand en draaide zich om, waarna hij naar de koeien kloste, ze de wei aan de andere kant van de weg injoeg en daarna helemaal uit mijn zicht verdween.

Wat nu? Ik had mijn mooie witte sandaaltjes aan en ik wist dat de hakken diep in de blubber zouden zakken. Verdwijnen zelfs. Maar had ik een andere keus? Ik moest die man terugroepen. Snel krabbelde ik omhoog in mijn stoel en riep: 'Meneer! Meneer! Kunt u mij helpen?'

Misschien was meneer wel net zo doof als hij onverstaanbaar was, je kon nooit weten. Hij kwam in ieder geval niet terug. Ik riep nog een paar keer en liet me toen moedeloos terugzakken op de leren stoel van mijn stoere sportauto. Ik moest iets doen, dat was duidelijk. Blijven zitten en wachten tot er iemand langskwam die me dan ook nog zou kunnen lostrekken klonk op zich logisch. Maar dat was het niet, aangezien hier misschien pas morgen weer iemand voorbij zou komen. De tweede keuze die ik had was uitstappen (dan maar met schoenen in de hand door de viezigheid waden) en daarna teruglopen naar huis. Maar ik had geen idee hoe ver ik van Fillkennagh was. Twintig kilometer? Tien? Dertig? Ook de richting wist ik niet meer.

O wacht! Mijn telefoon! Wat een geluk dat ik hem weer opgeladen had. Opgelucht viste ik mijn mobieltje uit mijn tas. Eh... Wie moest ik bellen? Ik kende Connor Petrie, Frank O'Malley, Hugh Osmond, Diana Lewis en Mrs. Raitt, maar van geen van allen had ik het telefoonnummer. Ja hoor, dat ging weer fantastisch. O, maar wacht eens... Ik had wel het nummer van Jasmin Bellar, en die kende Frank. Ik haalde een keer diep adem en belde haar.

'Lloyds Lawyers International, Jasmin Bellar,' klonk het toen er opgenomen werd.

'Hallo miss Bellar, met Esther Williams,' begon ik.

'Miss Williams! Ik heb gehoord van Mrs. Raitt dat u het gehaald hebt, wat fijn. Is alles goed geregeld? Is alles naar wens?' vroeg ze enthousiast.

Ja, alles was naar wens, als je het feit dat ik vastzat in de drek maar even buiten beschouwing liet. 'Het is prima gegaan, en ik wil u nog bedanken voor alle moeite die u hebt gedaan,' zei ik gemeend. 'Ik heb nog een verzoekje.' Omdat ik toch moeilijk kon zeggen dat ik Frank nodig had om me uit de modder te bevrijden, verzon ik vlug een pracht van een uitvlucht. 'Ik heb een aardigheidje voor Frank O'Malley gekocht omdat hij zo vriendelijk was me mee te nemen, en nu wil ik hem even bellen. Kunt u mij helpen aan zijn telefoonnummer?'

'Maar natuurlijk!' riep Jasmin Bellar meteen. 'Wat attent. Een ogenblikje, dan zoek ik het even op...' Een halve minuut later stond het nummer van Frank in mijn agenda, die ik omklemde alsof het een reddingsboei was. 'Kan ik verder nog iets voor u doen?' vroeg ze.

'Nee, hier moet het mee lukken, hartelijk bedankt,' zei ik. Daarna belde ik Frank.

'O'Malley,' zei een stem in mijn oor.

Ik kneep in mijn toestelletje. Hoe ongemakkelijk kon je je voelen? 'Frank, met Esther Williams.' Ik pauzeerde even zodat hij tijd had om te beseffen wie hij aan de lijn had.

Maar hij zei meteen: 'Hallo, Esther. Hoe is het? Is alles gelukt?'

'Alles is prima gegaan, dankjewel. Ik wil van jouw garage gebruikmaken,' zei ik voorzichtig.

'O? Ik dacht dat je geen auto kon rijden. Of heb ik dat verkeerd begrepen?' vroeg hij verbaasd.

Verrek, dat was waar ook. Ik had gelogen omdat ik het niet zag zitten om heel Schotland te doorkruisen en ik had me naar Fillkennagh laten rijden onder het mom van *geen rijbewijs.*

'Eh, jawel hoor, misschien heb ik het verkeerd gezegd,' zei ik daarom een beetje gegeneerd. Het was maar goed dat hij me niet kon zien. 'Eerlijk gezegd zit ik vast. In de blubber, met het autootje van mijn oom. Ik kan niet meer voor- of achteruit. Het is hier uitgestorven, behalve dan de kudde koeien die midden op de weg liep waardoor ik opeens in het veld naast de weg stond. Eh... Nou ja. Kun je me komen bevrijden?'

Frank lachte. 'Koeien?'

'Ja, echt waar.'

'Waar ben je?'

'Dat is een beetje het probleem,' zei ik benepen. 'Ik heb geen idee. Er staan hier geen borden. Ik ben een eindje gaan rijden en ik heb ook niet echt opgelet waar ik heen ben gegaan.'

'Juist. En hoe moet ik je dan vinden?' vroeg Frank geduldig.

Ik ging weer op het stoeltje staan en keek om me heen. 'Voor me is een rotonde met een verhoogd bloemperk. Daardoor zag ik die koeien niet en zo ben ik in de wei beland.'

'Staat er iets op de rotonde, in de bestrating? Er zit een stenen rand omheen, daar zit soms een plaquette in waarop een nummer of een naam staat.'

Ja hoor, die vraag betekende dat ik moest uitstappen en door de blubber moest waden om het te kunnen zien. Als koeienvlaaien een groenige tint hebben, was het beslist niet alleen maar modder waar ik nu naar keek. Nood breekt wet. Sorry,

Frank, dacht ik schuldbewust. 'Nee, ik zie niets,' zei ik en om mijn geweten te sussen probeerde ik iets te onderscheiden vanaf mijn plekje achter het stuur.

'Ik moet een aanknopingspunt hebben,' drong Frank aan. 'Waar is de zee?'

'Geen idee! Die zie ik niet!'

'Een verhoogde rotonde is niet genoeg informatie. Wat zie je als je om je heen kijkt?'

Ik draaide me om in mijn stoel en zag merkwaardig gevormde heuvels. 'Achter me zie ik twee heuvels, ze doen me denken aan het zadel van een paard. Ik kan het niet zo heel goed zien, maar het lijkt wel of er een huis of een ruïne op de top van de linkerheuvel staat. Die kant is ook hoger en...'

'Een klooster,' onderbrak Frank me. 'Dat is Saddle Moor. Dit gaat de goede kant op, maar ik moet nog iets meer weten. Het gebied rond Saddle Moor is groot.'

Ik liet mijn blik over de weide gaan. 'Er zijn afbakeningen met muurtjes,' zei ik. 'Maar daar heb je niet veel aan, want die zijn overal. Links van me, als ik naar die heuvels kijk, staat een oud emaillen bad. Daar zullen de koeien wel uit drinken.' Ik keek naar de andere kant toen er geen reactie van Frank kwam. 'Rechts staat... O, wacht eens. Ik zie een windmolentje, zo eentje op een driepoot, en daarbovenop zit een windwijzer in de vorm van een rennende hond.'

Frank zuchtte hoorbaar. Waarschijnlijk stond er op iedere kilometer in deze omgeving wel een windmolen met een windvaan, waren overal muurtjes of heggetjes om stukken grond af te bakenen en waren er heel wat afgedankte stukken sanitair als drinktrog voor de beesten te vinden. Ik was niet echt behulpzaam. 'De boer van wie de koeien waren, was heel klein en heel krom, hij had nog maar twee tanden in zijn mond en hij snapte mij nog minder dan ik hem,' zei ik ten einde raad.

'Wat? Er was iemand? Waarom heb je hem niet om hulp gevraagd?' vroeg Frank.

'Dat heb ik gedaan, maar hij slofte gewoon verder en hij liet me hier zitten! Jouw nummer was het enige waar ik achter kon komen en daarom heb ik jou gebeld.' Ik hoorde aan mezelf hoe onbeholpen ik klonk. 'Ik betaal je natuurlijk voor je diensten!' zei ik daarom snel. 'Zie het maar als een gewone klus.'

'Ik denk dat je op Rosslyn Road zit, die boer die je hebt gezien heet Angus. Hij is een van de weinigen die koeien heeft. Ik kom met een sleepwagen,' zei Frank toen. 'Wat voor auto is het?'

'Een knalrode MG, een sportmodel.'

'Goed zo. Ik kom eraan. Het kan even duren.' Toen hing hij op.

De dag was zonnig begonnen en het voelde als pure luxe toen ik met de kap naar beneden rondreed, maar nu kwamen er wolken opzetten die tegen de heuvels bleven hangen en de zon tegenhielden. Het was warm genoeg, dus ik vond het niet erg om wat schaduw te hebben. In een open auto in de volle zon stilstaan was hetzelfde als zonder auto in de volle zon stilstaan: heet. Het flesje water dat ik in mijn tas had gestopt, raakte vlug leeg. De tijd kroop voorbij, tien minuten, twintig... Frank moest natuurlijk zoeken, het was wel te begrijpen dat hij niet binnen tien minuten hier kon zijn. Ik verveelde me een beetje. Ik maakte aantekeningen in mijn agenda, speelde patience op mijn telefoon, kamde mijn haren en controleerde in het autospiegeltje hoe ik eruitzag. Gelukkig deed de autoradio het nog en kon ik daar tenminste naar luisteren. Het was nog goed voor mijn Engels ook: Schots was beslist lastiger te verstaan dan het Engels dat ik gewend was, hoewel ik het erg mooi vond. Ik toeterde af en toe een paar keer. Misschien reed Frank hier ergens in de buurt rond op zoek naar mij en hoorde hij mijn noodsignaal. Ik besloot om dat om de paar minuten een keer te doen. Dat leek me wel zo slim.

Er was een halfuur verstreken sinds ik Frank aan de lijn had gehad en hoewel hij gezegd had dat het ‘even kon duren’, begon ik me af te vragen of ik hem niet nog eens moest bellen. Ik had mijn telefoon al in de aanslag toen ik opeens gerommel hoorde. Eerst dacht ik dat het onweer was en ik voelde al een vage onrust opzetten dat ik de kap moest dichttrekken (geen idee hoe dat moest!), totdat het geluid luider en luider werd en er opeens, vanachter de rotonde, een tractor verscheen. De boer van net, die volgens Frank waarschijnlijk Angus heette, was terug met een tractor, stopte vlak bij mijn wagen, haakte zonder iets te vragen een kabel onder mijn auto en trok me binnen een minuut uit de modder. Op mijn gezicht vielen spettertjes en even bedacht ik griezelend dat de koeiendrek opgespetterd werd door de tractorwielen, maar toen besefte ik dat het regen was. Een heel dunne, miezerige regen.

De boer stapte weer uit zijn tractor toen we op de weg stonden en grijnsde breed naar me. Hij zei iets wat klonk als ‘*There you go*,’ hoewel het net zo goed een liefdesverklaring kon zijn, trok de kabel weer los, gooide hem achter de zit van de tractor en stapte weer in. Hij wees naar rechts en ik meende dat hij ‘de kust’ zei, maar zeker was ik er niet van. Daarna reed hij ronkend en lawaaierig weer het veld in en liet mij achter op de weg.

Ik was blij dat ik eruit kon om mijn benen te strekken en ook de kap omhoog kon doen omdat het wat harder begon te regenen, dus gooide ik de deur open, stapte uit en… belandde vol in een nog best wel verse koeienvlaai.

Gatver! Driedubbel gatver!

Vol walging keek ik naar mijn voeten, naar mijn kekke sandaaltjes die met dit onvrijwillige mestbad meteen aan het eind van hun leven waren gekomen. Kokhalzend stapte ik uit de viezigheid, dat met een protesterend, zuigend geluid mijn schoenen losliet. Met mijn ogen tot spleetjes geknepen trok ik mijn voeten uit de schoenen. Liever op blote voeten dan die smurrie meedragen! De schoenen waren voorgoed bedorven.

Zelfs als ze wel schoon te krijgen waren, kon ik ze niet meer dragen. Een psychologisch onoverkomelijke drempel, zal ik maar zeggen, en ik greep ze bij de bandjes en smeet ze met een zwaai in de greppel aan de andere kant van de weg. Hoppa, weg ermee. Dan maar op blote voeten. Ik hobbelde naar de kap van mijn auto en worstelde met de drukkers om het linnen los te krijgen, onderwijl mezelf en elke koe in de wijde omtrek verwensend.

Er naderde een auto, ik hoorde kort getoeter en toen ik opkeek zag ik Frank, die met een pick-uptruck met zo'n hefboom achterop aangereden kwam. Hij stopte naast mijn auto.

'O, je bent er al uit, zie ik,' zei hij geprikkeld, wat ik hem niet kwalijk kon nemen nadat hij een halfuur rondgetoerd had om mij te vinden.

'Sorry, die boer stond net opeens voor mijn neus,' zei ik en rukte aan de kap. Mijn haar was ondertussen aardig nat en druppels rolden over mijn wangen. Mijn voeten deden nu al zeer van het ruwe asfalt waarin honderden venijnige steentjes zaten die in mijn vlees prikten. Franks wenkbrauwen gingen omhoog bij het zien van mijn blote voeten.

'Waarom loop je op blote voeten?' vroeg hij.

'Ik trapte in zo'n verse vlaai en... Ach, laat maar.' Venijnig trok ik aan de kap. Mijn nagels hadden het zwaar te verduren en ik slaakte een kreet toen mijn duimnagel tot in het leven inscheurde. 'Au! Rotding!' riep ik nijdig en trapte woedend tegen de achterband van de auto. Dat moet je dus niet doen als je geen schoenen aanhebt.

Hippend op één been, kwaad op mezelf, ongeduldig en geïrriteerd vanwege alles, kreeg ik eindelijk de laatste drukker ook los en kon ik de kap uitvouwen. Frank stapte uit en maakte hem kalm vast aan de lijst van de voorruit. 'Al klaar,' zei hij. 'Rustig aan, *lass*. Je maakt je veel te druk.'

'Het spijt me dat je voor niks hierheen bent gekomen. Ik begreep niet dat dat mannetje zijn tractor was gaan halen, anders had ik je natuurlijk niet gebeld.' Ik hobbelde over het scherpe asfalt naar de deur van de auto, moest over de koeienvlaai heen stappen en liet me vlug op de stoel zakken. Frank glimlachte toen hij zag hoe ik worstelde om te voorkomen dat mijn hielen door de kak heen zouden glijden.

'Waar zijn je schoenen?'

'In de sloot,' zei ik met een grimmige hoofdbeweging naar de greppel aan de overkant. 'Geruïneerd, dat zijn ze.' Met een zakdoekje probeerde ik alle aangekoekte zand en gruis van mijn voetzolen te vegen, een beetje gegeneerd omdat Frank op zijn gemak tegen de auto geleund stond en naar binnen keek terwijl ik worstelde in de krappe ruimte tussen het stuur en de bodemplaat.

'Lukt het?' informeerde hij kalm. Hij bleef zo onbewogen dat het me op de zenuwen begon te werken. Uiteindelijk zette ik mijn voeten neer, legde mijn handen op het stuur en knikte. Diep ademhalen. 'Ik kan weer.'

'Rijd je zo?' vroeg hij met een sceptische blik op mijn blote voeten.

'Ik heb geen andere schoenen bij me. Dus het zal wel moeten.' Ik keek op en glimlachte naar hem. 'Sorry, Frank, je bent helemaal voor niets gekomen.'

'Dat geeft niet,' zei hij. Jaja. Hij maakte mij niet wijs dat hij niks beters te doen had. We gaven elkaar stijfjes een hand door het open raam. Frank stond in de nu gestaag vallende regen, waar hij niets van leek te merken, en ik zat droog in mijn wagentje. Heel fijn, Esther. Het enige wat hij van mij krijgt, is een nat pak, dacht ik, nog schuldbewuster dan toen ik in de modder stond. Frank knikte me gedag en stapte ook in zijn auto. Hij startte, zwaaide nog een keer en reed aan de andere kant van het bloemperk weg. Ik startte mijn auto ook.

Nee, hè.

Dat kon toch niet waar zijn?

'Kom op, kom op! Laat me nou niet in de steek!' Ik draaide

het sleuteltje zo ver om dat het bijna afbrak en drukte als een razende het *ignition*-knopje in. Er kwam wat gehoest en gekuch van onder de motorkap. Nog een keer. Auto in z'n vrij, handrem erop, sleutel omdraaien, knopje in en voet op het gaspedaal. Bijgassen! 'Nee, nee, nee...' kreunde ik. 'Toe nou!' De motor klonk steeds minder gezond. Het deed me verdacht veel denken aan thuis, aan het geluid van de Alfa die twee deuren verder geparkeerd stond. In de winter weigerde die auto steevast op gang te komen en maakte met zijn gesputter heel Nijmegen wakker.

Na nog een aantal pogingen om de wagen aan de praat te krijgen, stierf het schorre geluid helemaal weg en kreeg ik alleen nog enkele droge tikken te horen. Ik kneep in het stuur en bonkte met mijn hoofd op mijn handen. Dit kon toch niet waar zijn? Wat was er nou weer aan de hand? Lichte paniek begon op te borrelen en ik besefte dat ik, als ik snel was, Frank misschien nog te pakken kon krijgen voordat hij erg ver weg was. Als ik tenminste zijn mobiele nummer had en als hij zijn mobieltje ook werkelijk bij zich had. Zenuwachtig graaide ik in mijn tas naar mijn telefoon en ik drukte met trillende vingers de toetsen in om Franks nummer te zoeken toen er op mijn raampje werd getikt. Ik schrok me wild, maar toen ik opkeek zag ik daar Frank, die me met een kalme grijns aankeek door de beregende ruit.

'Problemen?' vormden zijn lippen, en ik kon de woorden aflezen hoewel ik hem niet kon horen.

Opgelucht draaide ik meteen het raampje naar omlaag. 'Frank! Hij doet 't niet! Hij wil niet meer starten! Ik snap er niks van!'

'Zou het kunnen dat je je lichten aan hebt laten staan, naar de radio hebt geluisterd terwijl je wachtte tot ik er was en dat je net de ruitenwissers nogal heftig hebt gebruikt?' informeerde hij rustig.

'Ja, maar...' Ik klapte mijn mond dicht. Niets van wat ik zei zou me kunnen redden. Het klopte precies en ik knikte gelaten.

'Het is een oud autootje, Esther. Van die dingen loopt de accu in een mum van tijd leeg als je niet rijdt. Als je de motorkap even opendoet?'

Op zijn aanwijzingen trok ik aan een hendeltje. Frank dook onder de motorkap, hanneste wat met startkabels vanaf de pick-up en na een paar keer proberen sloeg de motor aan. Ik hengstte op het gaspedaal totdat Frank me gebaarde het kalmer aan te doen.

'Er klinkt iets niet goed,' zei hij met een bedachtzame trek en hij hield zijn hoofd een beetje scheef. 'Hoor je dat? Dat geratel?'

Eerlijk gezegd hoorde ik niks omdat ik zo opgelucht was dat de wagen weer aansloeg, totdat ik me inspande en plots ook opving wat Frank hoorde. Inderdaad, een soort snel getik. 'Sta je nog op de handrem?' vroeg hij. 'Oké, laat hem maar stationair draaien, maar blijf overal af. Stap je even uit?'

Uitstappen? In de regen, op mijn blote voeten? Frank was zeker bang dat ik hem zou overrijden. Wat gezien de samenloop van omstandigheden niet eens zo heel vreemd was, bij nader inzien, en dus deed ik wat hij vroeg en stond ik even later ongemakkelijk op het natte asfalt.

Frank dook naar de grond, verdween met zijn bovenlichaam onder de auto en vroeg me wat gereedschap aan te geven. Na een paar minuten kwam hij er, nat en vuil, weer onder vandaan, zijn hoofd schuddend. 'Ik denk dat je iets geraakt hebt toen je van de weg af schoot,' zei hij. 'Er is iets verbogen en als dat niet wordt gemaakt, breekt het straks af. Dan gaat het echt veel geld kosten.'

'Mij niet! Die boer!' riep ik verontwaardigd uit. 'Die moet z'n koeien niet laten loslopen!'

'Je bent toch rijk genoeg?' vroeg Frank. 'Je bent de eigenares van Marble House. Bij Angus valt niks te halen en van een kale kip kun je nu eenmaal niet plukken.'

Eigenares van Marble House, en dat maakte me meteen rijk? Nou ja, zeg. Ik wilde al tegensputteren, maar Frank knikte naar de pick-up en zei dat ik erin moest klimmen. 'Je moet hier maar niet meer in rijden, dat is niet veilig. Ik sleep 'm naar mijn garage en maak het in orde.' Hij kon het niet nalaten naar mijn blote voeten te kijken, die vies en modderig waren. Frank was net als ik nat van de regen, maar het leek hem totaal niet te deren, terwijl ik eruitzag als een verzopen kat en me doodongelukkig voelde.

Verslagen hobbelde ik naar de cabine, vergiste me in de passagierskant (natuurlijk) en kroop uiteindelijk naar binnen, waar ik in elkaar gedoken bleef wachten totdat Frank klaar was. In de spiegel zag ik hem bezig en na een minuut of wat hing, als een vis aan een hengel, mijn auto aan de lier van de wagen. Frank gaf me mijn handtas, die nog op de voorbank van de oldtimer had gelegen, en kroop achter het stuur.

Hij keek me een keer aan, gaf me een bemoedigend knipoogje en reed toen rustig weg van de plaats des onheils, mijn auto op sleeptouw.

'Hoe kwam het eigenlijk dat je er nog was toen het me niet lukte om te starten?' vroeg ik kleintjes.

'Ach, zomaar,' was het enige antwoord dat hij gaf. Ik begreep uit zijn toon dat hij aan de andere kant van de gewraakte bloemenzee stilletjes had gewacht tot hij me hoorde wegrijden. In zijn ogen moest ik wel een enorme kluns zijn.

'Weet je zeker dat je kunt autorijden?' vroeg hij.

Ik gaf geen antwoord en keek zwijgend naar buiten. Het was zo leuk begonnen vanmorgen, prachtig weer, lekker autootje dat prima reed, het gevoel dat ik vakantie had, en nu eindigde het zo! Frank zei ook niets meer en we reden, begeleid door het geroffel van de regen op het dak van de auto, naar de garage die aan de weg tussen Fillkennagh en Brackloch lag. De prachtige baai ging schuil achter een grauw gordijn en een dik, laag wolkendek hing tegen de bergen aan, waardoor het er niet uitzag alsof het snel zou ophouden met regenen. Het was somberheid troef.

We reden door een groot gietijzeren sierhek dat om een rommelig ogende tuin stond en Frank loodste de auto binnen in een dito werkplaats. Overal lagen spullen: auto-onderdelen, gereedschap, slangen, kabels, touwen, plaatwerk, poetsdoeken, ga zo maar door. In het midden van de werkplaats stond een auto op een brug. Frank parkeerde de pick-up, sprong eruit en liep om de auto heen, waarna hij de passagiersdeur opentrok. Zonder één woord te zeggen pakte hij me in zijn armen en tilde me moeiteloos op, alsof ik niks woog. Pas toen we binnen stonden, zette hij me neer in een wachtruimte. Er lag vloerbedekking op de grond. Hij glimlachte toen ik hem verlegen bedankte. 'Pak gerust thee of koffie. Ik zal je auto in orde maken, dan kun je weer verder,' zei hij voordat hij weer naar de werkplaats liep.

Met een diepe zucht liet ik me op een van de plastic stoelen neerzakken, een plastic bekertje met gloeiend hete thee voor me op tafel. De wachtruimte was netjes maar onpersoonlijk. Aan de muur hingen een paar beduimelde middenpagina's van autotijdschriften, sommige gescheurd van de nietjes die er nogal lomp uitgetrokken waren. Er lag een stapeltje troosteloos uitziende tijdschriften, waar ik even doorheen keek, en twee kranten. Ik bladerde er lusteloos in en gooide ze toen weer terug. Zelfs een tijdschriftentic als de mijne werd hiermee de kop ingedrukt.

Dit was mijn derde dag in Schotland en ik had het gevoel alsof ik hier al weken was. Nog een paar dagen, dan zou Stijn weer op het vasteland zijn en dan zou ik hem hopelijk kunnen spreken. Ik checkte mijn telefoon. Geen sms'jes, geen voicemail, geen gemiste oproepen, niemand die smeekte om mijn aanwezigheid. Geen Stijn of Veronique of Tanja die me gebeld had, geen pap of mam, geen collega's... Niemand.

Daar zat ik dan, heel zielig te zitten, met klamme kleren, een uitgezakt kapsel, uitgelopen make-up en zonder schoenen, in een werkplaats die stonk naar olie en benzine. Vanuit de garage klonk lawaai van een radio die om het hardst vocht met een compressor die steeds aan- en afsloeg. Ik wachtte en wachtte, mijn nek verrekkend om Frank het verlossende gebaar te zien maken, maar het duurde maar en het duurde maar.

Toen, plots: telefoon! Joepie!

Het was Connor. '*Hello, gorgeous.* Ben je vanavond vrij voor een etentje, zoals beloofd?' viel hij met de deur in huis.

Een etentje, wat een zaligheid. Gewoon zitten en eten voor je neus krijgen, in goed gezelschap. Wat een enorme, verrukkelijke, heerlijke, zalige gedachte. 'O Connor, je weet niet hoe erg ik daarnaar smacht,' kreunde ik haast. 'Ik had autopech en ik ben vies en vuil en ik heb mijn schoenen verloren en...'

'Wat heb je verloren?' onderbrak Connor me lachend. 'Ik zou zweren dat je *schoenen* zei.'

'Klopt, je wilt niet weten wat een ellende ik achter de rug heb. Lang verhaal, dus: ja, kom me redden!' riep ik haast.

'Uw wens is mijn bevel. Waar kan ik je ophalen?'

Nu? Maar zo kon ik toch niet met hem mee? Ik keek op mijn horloge. Het was tien over twee, veel te vroeg voor een etentje. Trouwens, ik moest toch wachten tot mijn auto klaar was. 'Vanavond, bij mij thuis, om halfzeven? Haal je dat?'

'Maar je zit nú toch in de problemen? Dan kan ik je beter nu komen ophalen en thuis afzetten,' drong Connor aan.

'Nee, ik zit in de garage te wachten,' legde ik uit.

'Zonder schoenen.'

Meteen kwamen de beelden van mijn witte sandaaltjes, besmeurd met koeiendrek, weer in mijn herinnering naar boven. Ik huiverde. 'Zonder schoenen, ja,' gaf ik toe. 'Het lukt wel, dadelijk is mijn auto klaar en dan ga ik naar huis.'

'Zonder schoenen,' herhaalde Connor.

Ik grinnikte en hoorde toen een zacht geluid. In de deuropening van de garage stond een jongetje van een jaar of zes, zijn gezicht bezaaid met sproetjes. Hij had een dikke weerbarstige toef rood haar en grote bruine ogen waarmee hij langs me heen keek. In elke hand had hij één schoen vast.

'Ik moet ophangen, Connor,' zei ik snel.

'Ik kom je wel halen!' riep Connor nog en ik verbrak de verbinding.

'Hallo,' zei ik zachtjes tegen de jongen.

Het jongetje zei niets terug. Zijn blik bleef gericht op een punt naast me en hij wiegde zacht heen en weer. Zijn duimen gleden over de naad van de schoenen, van links naar rechts, precies tegelijk. De schoenen waren niet voor hem, daar waren ze te groot voor – bovendien waren het damesschoenen.

'Sean! Geef de schoenen aan Esther,' kwam de stem van Frank vanuit de garage. Ik kon hem niet zien, maar het jongetje dat Sean werd genoemd zette een paar passen vooruit. Hij bleef besluiteloos staan, de schoenen nog steeds vasthoudend, zijn duimen over de naden glijdend.

'Heet jij Sean? Ik ben Esther,' zei ik en ik keek hem goed aan. Er was iets met hem, en het was niet simpelweg verlegenheid.

Opeens verscheen Frank achter Sean en hij legde zijn hand op de schouder van het jongetje. Het ventje verstarde. 'Geef de schoenen aan Esther,' zei hij nog eens, zijn stem zacht en warm. Toen Sean zich niet verroerde, nam Frank de schoenen van hem over en gaf ze aan mij.

'Trek die zolang maar aan,' zei hij, streek het jongetje over zijn haren en liep weer naar de garage. 'Over een minuut of tien is het klaar.'

Sean bleef staan waar hij stond. Ik schoof de stoel wat naar achteren en wees op mijn blote, vieze voeten. 'Mijn voeten doen pijn,' zei ik. Ik hield mijn stem heel zacht zodat hij niet van me zou schrikken. 'Daarom moet ik schoenen aan. Dan gaat het over. Snap je?'

Sean keek nog steeds niet naar me, maar hij volgde wel mijn uitgestoken vinger. Ik wiebelde met mijn tenen. Eerst links, toen rechts, toen tegelijk, daarna hield ik ze weer stil. 'Tenen zijn grappig, vind je niet? Je kunt ze allemaal bewegen, net als je vingers. Alleen is die ene teen daar wel veel groter dan die andere. Dat is het hoofd van de tenen.'

Het duurde even, maar toen deed Sean hetzelfde. Ik zag zijn tenen in zijn sandalen bewegen en glimlachte. Soms begon het contact met een kind op een niet zo voor de hand liggende manier. Dat was iets wat ik na een paar jaar in het onderwijs echt wel geleerd had.

Sean bleef met zijn tenen wiebelen en keek er gefascineerd naar. Hij lette niet meer op mij (als hij dat al echt gedaan had) en ik trok de schoenen aan. Ze waren niet nieuw, maar ze zagen er netjes uit en alhoewel ze zeker één, misschien wel twee maten te groot waren, was ik blij dat ik iets aan mijn voeten kon doen.

Sean was al die tijd niet van zijn plaats gekomen en toen Frank me kwam halen om te vertellen dat ik weer kon rijden, keek hij niet op. Frank gaf me de sleutels en ik trok mijn tas naar me toe om mijn portemonnee te pakken. 'Wat krijg je van me?' vroeg ik meteen. Ik wist niet zeker of ik wel voldoende cash bij me had, maar ik zou vast wel met pin of met mijn creditcard kunnen betalen.

'Niets,' zei Frank. 'Service van het huis.'

'Doe niet zo raar. Je bent de halve omgeving afgereden om me te zoeken, je hebt mijn wagen op sleeptouw genomen en je hebt de boel ook nog gerepareerd. Dat moet betaald worden.'

'Nee, hoor. Ik krijg niet zo vaak de kans om aan zo'n oude auto te sleutelen,' zei Frank hoofdschuddend en hij veegde zijn handen aan een oude lap af. 'Dat alleen al is de moeite waard.' Hij keek naar mijn voeten en knikte goedkeurend.

'Ze zijn een beetje te groot, maar toch fijn. Bedankt. Zijn die van je vrouw?' vroeg ik. Frank knikte en keek naar Sean, die nog steeds voorovergebogen naar zijn voeten stond te kijken terwijl hij zijn tenen bewoog, in precies dezelfde volgorde als ik dat had gedaan. 'Sean? Wat doe je?'

'We hebben een spelletje gedaan,' legde ik uit. 'Ik liet zien dat ik geen schoenen aanhad en dat ik met mijn tenen kon wiebelen. Sean kan het ook, hè Sean?'

Frank keek me aan en tot mijn schrik verscheen er een heuse traan in een ooghoek. Of zag ik dat nou niet goed? Hij knipperde in ieder geval opvallend heftig en snoot zijn neus in een smoezelige zakdoek. Waar was dat nou voor? Frank legde zijn hand op Seans schouder. 'Kom, Sean, dan mag je tv kijken,' zei hij en duwde het jongetje voor zich uit de wachtruimte uit. 'Stap maar vast in, Esther. Ik ben zo terug.'

Een beetje verbaasd keek ik Frank en, naar ik vermoedde, zijn zoon na. Sean liet zich meevoeren, hoewel zijn blik op zijn voeten gericht bleef, wat het lopen niet gemakkelijker maakte. Maar Frank bleef geduldig wachten hoe Sean langzaam, stap voor stap, met hem meeliep. Vreemd. Ik had het goed gezien. Er was iets met dat jochie aan de hand.

Even later was Frank weer terug. Ik zag niets meer aan hem en hij zei ook niets, dus hield ik mijn vragen voor me. Hij leunde met zijn zwart geworden handen op de deursponning, wees naar de sleutels en vroeg of ik de wagen wilde starten. Hij sloeg meteen aan en het geratel van net was niet meer te horen. 'Het klinkt prima,' zei ik opgelucht. 'Frank, ik vind het maar niks dat je me niet wilt laten betalen. Je hebt toch werk verricht? Je moet hier je boterham mee verdienen.'

Frank schudde zijn hoofd. 'Hoeft echt niet, Esther. De volgende keer breng ik het wel in rekening, beloofd.'

'Maar...'

Hij maakte met een abrupt handgebaar een eind aan mijn bezwaren. 'Nee. Genoeg erover. Rijd voorzichtig en blijf links rijden. Rotondes ook links benaderen.'

Ik kreeg vast een kleur, maar ik deed net of ik gek was, trok de handrem los en reed heel langzaam naar buiten. 'Doe de groetjes aan Sean. En bedank je vrouw voor de schoenen. Ik kom ze morgen wel even terugbrengen,' zei ik.

Frank liep voor de auto uit om het hek, dat nu gesloten was, voor me open te zetten. Het regende nog steeds, maar met de kap omhoog had ik er geen last van. Net toen ik het hek uit wilde rijden, kwam er een grijze Ford aan die richting aangaf om hier naar binnen te gaan. 'Wacht even,' zei Frank door het raam, dat ik nog een stukje open had staan. 'Laat hem maar eerst binnen, want anders blokkeert alles.'

Ik reed een metertje achteruit zodat de Ford naar binnen kon, zag het gezicht van de bestuurder en meteen trapte ik op de rem. Daar had je Connor! Wat kwam die hier nou…

Verrek. Hij kwam me natuurlijk 'redden'. Maar hoe wist hij dat ik hier was? Ik had gezegd dat ik in een garage wachtte en…

O, o, o. Connor wist dat ik van Frank een lift van Aberdeen naar Fillkennagh had gekregen, dat had ik hem zelf verteld. Hij kende Frank hoogstwaarschijnlijk ook en had één en één bij elkaar opgeteld.

'Esther!' riep Connor en sprong uit de auto met een plastic tasje in zijn hand.

'Petrie?' Dat kwam niet van mij maar van Frank, die verbaasd en met een overduidelijke frons van Connor naar mij keek.

'Hi Frank,' zei Connor zonder naar Frank te kijken. Hij trok zijn schouders op tegen de regen en duwde zijn gezicht haast door mijn raampje naar binnen. 'Esther, ik heb wat spullen voor je.'

'O, Connor. Dat is wel heel lief, maar ik heb van Frank al schoenen te leen. En mijn auto is klaar.' Een beetje ongemakkelijk keek ik hem aan. Wat moest ik nou met nog meer schoenen en belangrijker: wat moest ik nou met Connor?

Maar Connor herstelde zich heel snel. 'Neem deze toch maar aan,' zei hij en trok het portier van mijn MG open en duwde me de tas in de handen. 'Het is toch niet mijn maat.' Hij lachte schalks. 'Ze kunnen niet op tegen wat je aanhebt, trouwens. Elegante muiltjes.'

Ik lachte fijntjes, maar Frank kon het minder waarderen. Hij zei me kort gedag en liep terug naar binnen. 'Dag Frank, tot morgen,' riep ik toch nog maar een keer. Toen, tegen Connor: 'Sorry dat je voor niks bent gekomen, Connor, maar ik ga echt toch eerst naar huis.'

'Vanavond om halfzeven ben ik bij je,' zei Connor charmant, niet van zijn stuk gebracht. 'En dan verwacht ik een prachtige vrouw te zien, want dan heb je bijna de hele middag om je mooi te maken.'

Ik lachte nog maar eens en na een laatste groet reed ik de poort uit. Ik keek nog een keer over mijn schouder. Frank liep met de telefoon in zijn hand door de garage. Voor het raam zag ik het rode koppie van Sean. Ik zwaaide, maar hij zwaaide niet terug.

Eenmaal thuis sprong ik meteen onder de douche en ik schrobde mijn koeienpoepvoeten zo lang, dat ze helemaal rood en rauw waren toen ik eindelijk vond dat ze er schoon uitzagen. Als herboren stapte ik later de badkamer uit, trok iets schoons aan en besefte peinzend dat ik veel te weinig kleding bij me had die geschikt was voor dit weer. Het was nog steeds niet koud, maar lichte rokjes en blote benen waren niet echt wat ik wilde dragen. Gelukkig waren mijn nieuwe aankopen wel geschikt voor dit weer en dus hees ik me in mijn nieuwe jeans, een wit topje met kant en het zalmroze angoravestje. Met een paar makkelijke leren teenslippers aan mijn getergde voeten voelde ik me weer mens. Wat een wereld van verschil met enkele uren geleden.

Ik haalde wat te drinken en smeerde wat brood voor mezelf, plofte op de bank en zette de tv aan. Op de bank lag de plastic zak die Connor me in de handen had geduwd en ik keek erin, half verwachtend een paar gympen aan te treffen. Mijn adem stokte toen ik de doos opende en een werkelijk schitterend paar zwarte pumps aantrof. Ze hadden een fantastische hak van acht centimeter, waardoor ik opeens de houding van een fotomodel op de catwalk kreeg. Maar die schoenen waren niet alles. In de plastic zak zat ook nog een kleine platte doos met daarin een zwarte zijden blouse van Hermès. Wauw. Hermès! Dat kostte een klein vermogen!

Genietend liet ik mijn vingers over de stof gaan. Dit was iets meer dan 'een paar spullen', zoals Connor het had gezegd. Kon ik dit wel aannemen? Een cadeautje was leuk, maar dit ging meteen veel te ver. Bovendien stond ik bij hem in het krijt, niet andersom!

Ik pakte mijn telefoon en belde Veronique. We kletsten lang – te lang, dit zouden we voelen in de rekening – maar ik had echt even een luisterend oor nodig. 'Je maakt je veel te druk, dat zei ik gisteren ook al,' zei ze luchtig toen ik uitverteld was. Ze had gegierd om mijn koeienpoepavontuur. 'Geniet er toch van. Het is toch romantisch als je cadeaus krijgt? Een echte Hermès, toe maar.'

'Als ik dit aanneem, denkt hij dat ik wel wat met hem wil,' bracht ik daartegen in.

'Niet dan? Is-ie dan niet leuk? Hij zag er toch goed uit, en hij was toch ook aardig?'

'Jawel, maar over een paar dagen ben ik weer weg.'

'Geef eens eerlijk antwoord. Is-ie leuk?' drong ze aan.

Ja. Hij was leuk. Hij zag er leuk uit, sportief en stoer, ondanks dat ik niet zo viel op dat gladde yuppieachtige dat hij een beetje over zich had. 'Hij is niet mijn type,' besloot ik.

'Frank wel dan?'

'Nee, Frank ook niet. Die is getrouwd. Ik ben in de schoenen van zijn vrouw naar huis gekomen.'

'Had je het gisteren niet over nog iemand? In een rokje?'

Hugh! 'Nee, dat is helemaal mijn type niet!' riep ik uit en ik lachte vrolijk. 'Veer, de mannen hier zijn allemaal aardig, maar de ware zit er niet tussen.'

'Hier loopt aardig wat rond, echt wel. Alleen spreken ze allemaal zo beroerd Engels. Het is net of ik in een aflevering van *'Allo 'Allo* zit.' Veronique was dol op oude tv-series. Ik vond er geen klap aan, maar zij lag er dubbel om.

We kletsten nog even, ik liet me door Veronique overhalen om de cadeaus van Connor gewoon te houden, en ik beloofde dat ik morgen terug zou bellen. Tanja kwam nog even aan de lijn. 'Nog twee dagen!' jubelde ze toen ik vroeg wanneer Han aan zou komen. 'En dan is het feeeeeeest!' Ik grinnikte, wenste haar vast veel plezier en hing op. Toen belde ik naar huis.

'Met mevrouw Williams,' hoorde ik.

'Mam! Met mij!' riep ik, blij dat ik haar stem hoorde. 'Ik heb jullie al een paar keer gebeld!'

'Esther, liefje! Hallo! Hoe is het in Frankrijk?'

'Ik zit niet in Frankrijk, mam. Het is Schotland geworden.'

'Schotland? O, nou ja, wat jij leuk vindt, hoor. Alles goed met je vriendinnen?' ging ze verder.

'Mam! Ik ben hier alleen heen gevlogen!' verbeterde ik haar. 'Veronique en Tanja zitten in Zuid-Frankrijk.'

'Alleen? En Stijn dan?' Ze was de draad nu al kwijt.

'Stijn zit op zee, dat weet je toch?' zei ik ongeduldig. Ik legde haar in een notendop het hele verhaal uit. 'Mam, heb jij enig idee waarom oom Leo dat zo geregeld heeft?' eindigde ik.

Het duurde net even wat langer dan normaal voordat ma aarzelend antwoordde. 'Tja... ik weet het ook niet zeker, hoor, Esther. Het was een eigenaardige man.'

'Had jij nog contact met hem na...' ik dacht even na over hoe ik het zou zeggen, '... nadat pa heeft gezegd dat hij niets meer met oom Leo te maken wilde hebben?'

Ik kon haar zo voor me zien, staand bij het raam en de gordijnen controlerend op halen of spinnenwebben met de telefoon aan haar oor. 'Mam...' drong ik aan. 'Zeg het nou. Pap is toch op zijn werk? Je kunt vrijuit praten.'

Er klonk een zware ademhaling en toen een zucht. 'Af en toe, als je vader naar zijn werk was, belde ik hem. Eén of twee keer per jaar, niet vaker.'

'Waar hadden jullie het dan over?' vroeg ik behoedzaam. Te veel vragen in een keer en ma zou dichtklappen als een oester.

'Gewone dingetjes, hoe het thuis was, en met mijn gezondheid en zo, en met jullie.' Het kwam er net iets te achteloos uit.

'Jouw gezondheid? Wist hij dat jij hartpatiënt bent?' vroeg ik.

Weer een stilte. Toen: 'Hij heeft één keer geld overgemaakt voor behandeling in een privékliniek. Je vader was zo verschrikkelijk kwaad dat hij het geld heeft laten terugstorten.'

Mijn mond viel open. Pa zou nog liever aan zijn principes vasthouden dan ma de kans op een goede behandeling geven?

'Die kliniek was helemaal niet nodig,' zei ma snel, die wel iets merkte van mijn verbijstering. 'In het gewone ziekenhuis werd ik prima geholpen. Het was luxe die we niet hoefden.'

'Maar pap had toch best...' begon ik.

'Esther,' onderbrak ze me, 'papa wilde het niet aannemen, hij heeft zijn trots, en ik vond dat belangrijker dan dat geld. Ik wilde niet dat Leo's geld de reden zou zijn waarom we ruzie zouden krijgen.'

Trots? Stijfkoppigheid, zul je bedoelen. 'Dan zal pa dit ook wel afkeuren,' zei ik.

'Hij kan jou en Stijn niet verbieden om een erfenis aan te nemen,' zei ze, en daarna vroeg ze wanneer ik naar Frankrijk zou gaan. Na mijn antwoord, namelijk dat ik geen idee had, maakten we een einde aan het gesprek. Peinzend keek ik naar de dunne straaltjes water die voor het raam naar beneden kletterden, het kletsnatte gras en de helling die naar de baai leidde. Pa en zijn trots. Tsss. Uiteindelijk had oom Leo toch het laatste woord gehad.

6

Connor stond klokslag halfzeven voor de deur. Het regende nog steeds en hij wachtte met een paraplu in de aanslag om mij naar zijn auto te begeleiden.

'*Wow*,' zei hij. 'Esther, je ziet er prachtig uit.' Hij nam me van top tot teen op en zijn blik bleef hangen bij mijn voeten. Ik wist het. Hij verwachtte dat ik ze zou dragen.

'Bedankt voor de mooie schoenen,' zei ik. 'Maar ik heb mijn voeten kapot gelopen vanmiddag en ik kon ze niet aan.' Bovendien, wilde ik zeggen, kan ik ze niet aannemen. Maar dat slikte ik nog net op tijd in. Ik pakte mijn tas en een spijkerjack omdat er een koude wind vanaf de zee het land in waaide. Door de hoefijzervorm van de baai lag het dorp in de luwte, maar verderop zag ik de zee deinen door de harde wind en het was ook te merken aan de temperatuur. Bijna onvoorstelbaar dat ik gisteravond voor de spiegel mijn van de zon rode wangen had ingesmeerd met aftersun.

'Waar gaan we eten?' vroeg ik toen we in de auto zaten.

'In Fillkennagh. Er is een restaurantje bij het strand waar je heerlijk kunt eten. Als het niet zulk rotweer was, hadden we ernaartoe kunnen lopen. Het is jammer dat het nu net regent, want anders konden we op de veranda zitten. Ja, kijk maar niet zo verbaasd,' zei hij bij het zien van mijn gezicht, 'Fillkennagh heeft één pub en één restaurant. Dat had je zeker niet gedacht! Je moet me trouwens maar eens uitleggen hoe je je schoenen kunt kwijtraken als je ze aan je voeten hebt, want dat heb ik nog niet eerder meegemaakt.'

Ik vertelde hem over de koeien en Connor lachte er hartelijk om. 'Stadsmeisje,' plaagde hij. Ik ging er maar niet op in. Connor reed het dorp in, over de hoofdstraat door naar het strandje en zette zijn auto neer bij een kleine boulevardachtige pier. Er waren een paar piepkleine winkeltjes die hoofdzakelijk benodigdheden voor op zee verkochten: tuigage, gereedschap voor aan boord, machineonderdelen, zeilreparatiekits, kikkers, stootrubbers, touwen en dat soort dingen. Een klein zaakje stond tjokvol visbenodigdheden en hengels in alle soorten en maten – dat was wel wat voor Stijn. Ik zou hier eens gaan snuffelen of ik er eentje voor hem kon kopen.

'Houd je van vissen?' vroeg Connor verrast toen hij mij zag kijken. 'Jij, stadsmeisje? Ik zie jou nog geen worm aan een haakje steken.'

'Puh. Je moest eens weten! Ik ben viskampioen van de Stadmeisjes Visliga,' kaatste ik terug. Connor lachte en gaf zich gewonnen.

We liepen over een houten loopplank het enige restaurant van Fillkennagh binnen. Het was klein, oud en tamelijk onooglijk, maar had niettemin een knusse, bijna huiselijke uitstraling. Een bar was zo neergezet dat gasten die op het strand waren een ijsje of drinken konden kopen zonder het restaurant door te hoeven lopen. De geplastificeerde menukaarten waren plakkerig en de tafelkleedjes waren sleets, maar Connor verzekerde me dat de dagschotel altijd de moeite waard was. Wat de dagschotel vandaag inhield, werd ons verteld door de eigenaar die gepassioneerd vertelde over een prachtige *sea robin* die hij vandaag had binnengekregen. *Sea robin.* Geen idee wat dat voor een dier was. Een vis, zo te horen. Afgaand op de opgetogen blik van Joe, de eigenaar en kok van dit etablissement, was het de moeite waard. Dus bestelden we de dagschotel.

We waren niet de enige aanwezige gasten: diverse tafeltjes waren bezet en in het midden van het restaurant zat een klein, luidruchtig groepje te tafelen. Ze barstten steeds in gelach uit, wat nogal aanstekelijk werkte. 'Iedereen kent iedereen hier zeker?' vroeg ik glimlachend.

Connor schudde zijn hoofd. 'Toch niet. Dat zijn geen mensen uit Fillkennagh. Meestal zijn het vissers die hier neerstrijken voordat ze naar huis gaan.'

Om ons heen klonk geroezemoes en de geluiden van bestek,

glazen en borden. Er hing een gezellige, gemoedelijke sfeer.

Connor wilde weten wat ik voor werk deed. Toen ik hem eindelijk vertelde dat ik in Nederland woonde en lerares was op een lagere school, viel zijn mond bijna open. Ik legde uit hoe het kwam dat ik halsoverkop naar Schotland had moeten racen, juist omdat mijn ouders geen Engels spraken.

Hij dacht dat ik hem voor de gek hield. 'Dus je bent onderwijzeres?'

'Ja, en ik vind het heerlijk,' zei ik. Toen ik eenmaal besloten had dat ik het onderwijs in wilde, bleef ik lang twijfelen of het wel de juiste keuze was. Maar tijdens mijn eerste stage sloeg elke vorm van twijfel om in de absolute overtuiging dat ik de juiste keuze had gemaakt. Nadat ik was afgestudeerd, kon ik meteen aan de slag op de basisschool waar ik mijn tweede stage had gelopen. Ik vond het geweldig. Het gaf me een kick om te zien hoe kinderen groeiden en hoe je daar als docent deel van kon uitmaken. Na het tweede schooljaar besloot ik een extra cursus te volgen om te kunnen omgaan met kinderen die niet in het reguliere plaatje pasten: kinderen met dyslexie, maar ook met leer-, aanpassings- en opvoedmoeilijkheden. Er was veel geduld voor nodig om zulke kinderen te geven wat ze nodig hadden, maar de voldoening was immens. Ik ontwikkelde een soort zesde zintuig voor kinderen die buiten de boot dreigden te vallen. Dat bleef op school natuurlijk ook niet onopgemerkt, en algauw maakte ik deel uit van een speciale commissie die kinderen begeleidde op diverse scholen. Drie dagen in de week stond ik voor de klas in groep drie, de overige twee dagen werkte ik als *remedial teacher* en hield ik me bezig met de bijzondere kinderen.

Ik vertelde het in wat minder uitgebreide bewoordingen aan Connor. 'Speciaal onderwijs dus,' knikte hij.

'Nee,' zei ik. 'Bijzondere kinderen, allemaal met hun eigen talenten.' Ik glimlachte trots, en dat zag hij, want hij grijnsde terug en knikte waarderend.

Was er ook een 'meneer' Williams, informeerde Connor na een tijdje terloops. Ja, er was een 'meneer' Williams, verzekerde ik hem. Ik had natuurlijk best in de gaten dat hij wilde weten of ik een vriend of een man had, maar ik kon het niet nalaten een beetje met hem te spelen. Of 'meneer' Williams zich dan ook spoedig met mij zou verenigen? Dat was nog een beetje onduidelijk, zei ik, want hij was moeilijk te bereiken.

Connor was te beleefd om verder te vragen. Ik kon mijn gezicht niet meer in de plooi houden, lachte en biechtte op dat de enige 'meneer' Williams in mijn leven mijn broer was, als je mijn vader niet meetelde. Om zijn lippen krulde een grijns, en opeens wist ik wat het gevoel was dat aan me knaagde sinds ik hem voor het eerst ontmoet had.

Hij was op jacht.

Hij deed me in de verte denken aan Hugh Grant als Daniel Cleaver in *Bridget Jones*. Niet zozeer qua uiterlijk als wel in de manier waarop hij zich gedroeg tegenover vrouwen. Hoe hij onopvallend keurend naar ze keek als ze voorbijkwamen, hoe hij probeerde op en top de gentleman te zijn, zonder ooit dat kleine spottende lichtje in zijn ogen kwijt te raken. Hij vond me leuk en wist dingen te zeggen waardoor ik me gevleid voelde, maar in mijn achterhoofd speelde het idee dat Connor me niet meer interessant zou vinden als de jacht voorbij was. *O boy, have I got news for you!* Hij was charmant en aardig en de schoenen en de blouse waren heel attent, maar er sloeg geen vonk over.

Er werd brood gebracht met huisgemaakte boter en we kregen wijn ingeschonken. Ik beboterde een stukje en bedacht dat ik me niet als prooi zou laten gebruiken. Geen sprake van. Maak je maar geen illusies, Connor, dacht ik en glimlachte naar hem terwijl ik een slokje wijn nam.

Connor vertelde over zijn werk; het opsporen van vervallen onroerend goed dat hij opkocht en renoveerde om er dan vakantiehuizen van te maken. Dat vond ik wel bij hem passen, maar niet bij de mentaliteit van dit dorp: hij had me zelf verteld dat de dorpelingen de stad liever op afstand hielden.

'Dat is waar,' zei hij instemmend toen ik ernaar vroeg. 'Maar dit gebied is bij uitstek geschikt voor toerisme en dat brengt geld in het laatje. Weet je, veel jongeren trekken weg. Naar grote steden of naar het buitenland. Het vergrijst hier. Alleen als hier geld is, komen de mensen terug.'

'Dus het is alleen maar een kwestie van geld?'

'Ja en nee. Natuurlijk is het een kwestie van geld. Maar ik wil hier niet weg. Ik woon hier graag. Als deze streek door het toerisme welvarend wordt én blijft, dan is dat prima. Het is goed geld.'

Het klonk geloofwaardig, ook al kwam het uit de mond van de Daniel Cleaver-do-a-like. Ik knikte en nipte van mijn wijntje.

'Verderop staat een huis van meer dan honderd jaar oud. De eigenaresse is oud en dementerend en het staat al lang leeg. In plaats van het verval te laten toeslaan koop ik het, knap het op en gooi het dan weer op de markt, voor huur of koop. Er is al iemand die zo'n vakantiehuis heeft gekocht. Trouwens – Leo Williams is ook zo aan zijn huis gekomen.'

Wacht even, dit ging te snel. Wat zei hij nou? Het kon toch niet zijn dat Connor Marble House had verkocht aan mijn oom? Daar was hij te jong voor; oom Leo had Marble House al dertien jaar en toen zat Connor nog in de pukkeltjesfase van zijn leven.

'Niet van mij – van mijn broer. Je oom heeft Marble House van mijn broer gekocht,' legde Connor uit. 'Hij is verhuisd naar Italië, daar doet hij hetzelfde. Ligt iets beter in de markt vanwege het mooie weer. Ik heb min of meer zijn opzet overgenomen en doorgezet.'

'Was Marble House dan eerst een bouwval?' vroeg ik.

'Nou, een bouwval... Zo wil ik het niet echt noemen. Maar het stond al lang leeg. Er woonde niemand en het zag er verwaarloosd uit. Kapotgegooide ramen, ontbrekende dakpannen en zo. Thompson, dat is mijn broer, wist de eigenaar te vinden, haalde hem over om het te verkopen en daarna ging hij ermee aan de gang. Jouw oom zocht net een huis in deze streek, dus het was ook vlug verkocht.' Hij kauwde op zijn brood. 'Het is een mooi plekje geworden, nietwaar?'

'Jazeker,' knikte ik en opeens dacht ik aan de clausule van de overeenkomst die ik van de week getekend had. 'Zeg, Connor. Als ik te laat zou zijn geweest met tekenen, zou het huis geveild worden en zou de opbrengst naar de gemeente gaan. Vind je zoiets niet gek? Is dat een normale gang van zaken?'

Connor fronste zijn voorhoofd een keer en wachtte met zijn antwoord omdat er twee borden voor ons neergezet werden. De *sea robin* was een soort poon, een zeevis. Het zag er fantastisch uit en, zo ontdekte ik bij mijn eerste voorzichtige hap, het bleek ook nog eens voortreffelijk te smaken. Joe stond er glunderend bij toen ik met mijn vork naar hem gebaarde dat het heerlijk was.

'Je hebt Mrs. Raitt ontmoet, neem ik aan?' vroeg Connor terwijl we aten. Ik knikte, waarop hij vertelde: 'Ik weet niet precies hoe het allemaal zit, maar ik weet wel dat zij ook achter Marble House aan zat. Helaas voor haar was je oom haar net te snel af. Hij kaapte het huis voor haar neus weg.'

'Wie het eerst komt...?'

'Zeker. Het zal haar wel tegenvallen dat jij nu toch op bent komen draven. Ze zal wel voor zich hebben gezien dat ze Marble House alsnog kreeg.'

'Maar zoiets kan zij toch niet bepalen? Een huis gaat toch naar erfgenamen, als die er zijn?' vroeg ik.

Connor keek bedenkelijk. 'Dat weet ik niet precies. Als er erfgenamen zijn, dat zeg je goed. Wie weet heeft ze het hem wel heel moeilijk gemaakt om hier een huis te kopen. Dat zou je aan haar moeten vragen.'

Ik schudde mijn hoofd. 'Nee, echt niet. Daar heb ik geen zin in. Ze deed toch al zo neerbuigend.'

Connor sneed een stukje van de vis en zei, voordat hij het in zijn mond stak: 'Misschien had je oom wel een afspraak met haar. Iets in de trant van: als een jaar na mijn dood nog niemand is gekomen om het huis op te eisen, is het van jou.'

'Uh-uh.' Ik schudde mijn hoofd. 'Nee, nee. Het huis zou per openbare veiling worden verkocht en daarna zou de opbrengst naar de gemeente gaan.'

Er verscheen een fijn lachje op Connors gezicht. 'Gemeente? Mrs. Raitt ís de gemeente, Esther. Ik heb vaker met haar te maken vanwege mijn vak, en ik kan je zeggen: ze is een harde tante. Ik kan me wel voorstellen hoe ze zoiets zou aanpakken. Zal ik het je schetsen? Wat denk je van het volgende: eerst wordt het huis geveild en de veilingmeester is een bekende van haar. De openbare bekendmaking is minimaal, alleen bijvoorbeeld in het *City hall journal* dat toch niemand leest. In Fillkennagh wonen geen mensen die Marble House willen kopen, of ze zijn bang voor het onbekende fenomeen veiling en beginnen er niet eens aan. Vervolgens is de gemeente de koper, en uiteindelijk koopt Mrs. Raitt het dan weer van de gemeente tegen een heel zacht prijsje.'

'En zo is het cirkeltje rond,' knikte ik langzaam, 'en kost het haar bijna niks. Slim. Geen wonder dat ze zo stuurs tegen mij deed.'

'Ja, het is een ijskoude,' knikte Connor met een lachje. 'Mooi om te zien dat je net op tijd was.'

Ik was blij dat ik me kon buigen over mijn eten om het te laten bezinken. Zat het zo in elkaar? Mrs. Raitt had vanaf het begin achter het huis van mijn oudoom aangezeten en het was haar natuurlijk bitter tegengevallen dat er toch familie bleek te zijn, en al helemaal toen ik op het allerlaatste moment toch nog was komen opdagen om het huis voor haar neus op te eisen.

'Maar waarom heeft ze mijn broer en mij dan toch benaderd?' vroeg ik. 'Ze had dan toch net zo goed niets kunnen zeggen?' Op hetzelfde moment wist ik al wat het antwoord was. 'Wacht. Oom Leo had Lloyds ingeschakeld. Daarom werd ik gebeld door Jasmin Bellar, van dat kantoor. Bellar was zijn backup.'

'Klinkt vrij logisch, als er al sprake is van logica,' knikte Connor. 'Raitt werkt als zelfstandig notaris, maar eveneens als gemeenteraadslid. Je zou geneigd zijn te denken dat zij daarom iets met Lloyds te maken heeft, maar dat hoeft niet zo te zijn. Slim van je oom. Tot het laatst toe proberen om toch zijn erfgenamen nog te pakken te krijgen, zelfs met een jaar speling. Hij moet geweten hebben dat hij niet lang meer te leven had.'

Dat laatste was meer een vraag dan een opmerking, en ik schudde mijn hoofd. 'Geen idee. Zoals ik al zei: ik had hem al jaren niet meer gezien.'

Net toen Connor vroeg of ik mijn draai al een beetje gevonden had in het huis, kwam er een bekende het restaurantje binnen. 'Hé, daar heb je Diana,' zei ik met een hoofdknikje in haar richting. Ze was in het gezelschap van een jongen van een jaar of zestien.

Connor verstrakte en wierp een blik over zijn schouder. 'Heerlijk,' gromde hij. 'Net waar ik op zat te wachten. Diana de Waanzinnige en haar broertje.'

'Hè toe, Connor, bederf het nou niet. Het is net zo gezellig,' smeekte ik. 'Je zit toch met je rug naar haar toe, ze ziet je niet eens. Kijk maar gewoon deze kant op. Die mensen in het midden maken toch veel te veel kabaal, we kunnen niets horen van wat ze zegt.'

Diana zag me eerst niet, totdat een van de mannen van de groep in het midden opstond om naar de wc te gaan. Net als Connor zojuist had gedaan, verstrakte ze toen ze hem zag, maar vervolgens ontspande ze zich en glimlachte kort. Ik glimlachte terug. Ze kneep haar ogen iets samen, alsof ze probeerde me te peilen, en verlegde daarna haar aandacht weer naar de jongen tegenover haar. Connor probeerde te doen of hij zich niets aantrok van wat er achter zijn rug gebeurde (er gebeurde ook niets), maar ik merkte dat hij wat minder ongedwongen was dan net, en dat hij af en toe moeilijk zijn aandacht erbij kon houden.

Om hem wat af te leiden vertelde ik over Stijn, dat hij mijn tweelingbroer was en hoe verschillend we waren, dat hij aan het vissen was op de Atlantische Oceaan en dat ik hem niet had kunnen bereiken. Connor lachte beleefd op het juiste moment, maar toch... Ik legde mijn hand heel even op zijn arm. 'Connor... Ontspan je nou eens. Je bent hier met mij. Toch?'

Met een zucht legde hij zijn vork neer en hij had zelfs het fatsoen gegeneerd te kijken. 'Sorry, Esther. Het is gewoon...'

'Nu niet. Het is hier gezellig, het eten is heerlijk, het gezelschap is goed. Oké?' drong ik aan.

Connor knikte en gaf zich gewonnen. 'Je hebt gelijk. Het spijt me.'

'Zijn de zomers hier altijd zo grillig? Gisteren was het nog loeiheet en nu lijkt het wel herfst.'

Connor begreep de hint om het gesprek aan deze tafel te houden. Vanaf dat moment ging het beter. Op het moment dat ik Connor vertelde dat ik ooit van plan was geweest om actrice te worden, totdat ik opeens een black-out kreeg tijdens een voorstelling en helemaal niets meer wist – wat me geen al te beste start leek voor een actrice – lachte hij vrolijk en was het weer zoals voor Diana binnenkwam. Ik vroeg hem naar wat hij nog meer deed en wat hij leuk vond. De resten van het hoofdgerecht werden afgeruimd en we kregen de kaart om een keuze te maken voor het nagerecht. Ik zocht een pêche melba uit en daarna excuseerde ik me even om naar het toilet te gaan.

Er was maar één wc, en Diana kwam er net uit toen ik de kleine toiletruimte binnenstapte. 'Hoi Esther,' zei ze.

'Hallo Diana,' zei ik.

Ze knikte beleefd terwijl we ons langs elkaar heen wrongen om van plaats te verwisselen. Ik hoorde aan de andere kant van de wc-deur de kraan lopen en de blazer aanslaan.

Toen ik even later voorzichtig het hokje weer uitstapte, stond Diana er nog. Voor de spiegel werkte ze haar lippenstift bij en zo te zien had ze ook haar haren opnieuw vastgestoken.

'En? Hoe vind je het hier?' vroeg ze en maakte kusgeluidjes naar de spiegel. Ik was op mijn hoede. Maar van vijandigheid was geen sprake en ze glimlachte naar me.

'Een beetje krap,' zei ik omdat we bijna arm aan arm voor de spiegel stonden, en we lachten allebei. 'Hoe is het met jou? Nog last van de poes die aan de piano krabt?'

'Elke dag weer. Het beest is niet weg te krijgen.' Het klonk allemaal vriendelijk en onschuldig. 'Lekker gegeten?'

'Heerlijk. Ik heb nog nooit zo lekker klaargemaakte vis gegeten.'

'Esther, ik moet me nog verontschuldigen voor laatst. Het was lomp, zoals ik deed tegen Connor waar jij bij was.'

'O, dat is...' begon ik, maar ze praatte door alsof ze me niet gehoord had.

Ze borg haar lippenstift op in haar tas, draaide zich om en vouwde haar armen over elkaar. 'Luister eens, Esther. Ik wil je waarschuwen. Connor is niet te vertrouwen. Ga niet met hem om, want hij gebruikt je en dan laat hij je vallen en blijf jij achter met de brokken.'

'Maar...'

'Zal ik je vertellen wat er met mij gebeurd is? Wij waren een stel. We woonden al samen, en toen ging hij er met mijn beste vriendin vandoor. Ik kende haar al vanaf mijn kinderjaren, we deden alles samen! Kun je het je voorstellen? Ik verloor niet alleen mijn vriend, maar ook mijn beste vriendin! Het was gedaan met de vriendschap.'

Precies hetzelfde verhaal als ik van Connor gehoord had, alleen waren de poppetjes een beetje verschoven.

'O, hij is heel charmant, en hij kan ontzettend lief en attent zijn als hij dat wil. Heeft hij al iets leuks voor je gekocht? Mooie sieraden of een truitje of zoiets? Ja, ik zie het aan je gezicht. Dat bloesje? Dat? Echt zijn smaak.'

Overrompeld door haar analyse wist ik niet wat te antwoorden. Dat had ze snel gezien!

Ze kneep met haar vingers in haar tas tot haar knokkels er wit van waren. 'Ik weet precies wat jij nu denkt, ik snap het echt wel. Dat ik een hysterisch type ben met een wrok, en eerlijk gezegd heb ik alles gedaan om dat beeld te bevestigen, maar zo ben ik niet echt. Ik ben gekwetst en heel voorzichtig geworden. Toen Connor genoeg had van zijn nieuwe liefje, kwam hij terug. Smekend en schreeuwend stond hij onder mijn raam, of ik hem wilde vergeven.'

Ze zag ongetwijfeld mijn verwarring, want ze boog zich een beetje naar me toe en zei zachter: 'Esther, ik heb er zoveel verdriet van gehad. Het duurde maanden voor ik mezelf weer een beetje in de hand had. Na een jaar stond meneer doodleuk op de stoep. Ik kon het niet aan, ik wilde niet nog een keer gekwetst worden. Sindsdien doet hij er alles aan om met zijn nieuwe veroveringen te pronken.'

'Ik ben niet zijn nieuwste verovering,' zei ik zachtjes maar scherp. 'Ik kwam bij jou om iets te eten, zonder Connor, weet je nog? Ik kwam niemand de ogen uitsteken, ik kwam alleen maar voor een broodje.'

Diana slaakte een zucht van verlichting. 'Gelukkig heb jij je hersens nog op een rijtje. Ik heb er al aardig wat gezien die voor hem zijn gevallen en met een gebroken hart achterblijven.'

Moest ik het nu zeggen? Ik keek afwezig naar mezelf in de spiegel, me ervan bewust dat ze me opnam. Haar donkere ogen rustten op mij en ik dacht aan hoe vriendelijk ze was geweest toen ik The Golden Goose was binnengestapt.

'Weet je...' zei ik aarzelend, 'Connor vertelde ook zoiets.

Maar dan andersom. Dat hij het slachtoffer was.'

Diana liet een schamper snuifje horen. 'Natuurlijk. Een mooier verhaal kun je toch niet bedenken? Waarom zou je al te ver van de waarheid afdwalen, als je het met een heel klein beetje verdraaiing in je eigen voordeel kunt gebruiken? Connor was degene die in de fout ging, Esther! Echt, geloof hem niet. Denk je dat ik je zou komen waarschuwen als ik degene was die hem bedrogen had?' Ze legde haar hand even op mijn arm en zei plots, met een soort samenzweerderige grijns: 'Wij meisjes moeten elkaar steunen, toch? Laat je niet door hem inpakken, Esther.' Toen slingerde ze haar tas over haar schouder en duwde de deur van het toilet open, mij alleen achterlatend.

Ik was verward. Wat moest ik hier nou mee? Geïrriteerd sloeg ik met mijn hand op de wasbak. Verdomme! Ik zat helemaal niet te wachten op andermans problemen, ik had genoeg aan mijn hoofd zonder dat ik daarbij ook nog eens partij moest kiezen! De waarheid zou vast ergens in het midden liggen. Iedereen liegt, om bestwil, uit eigenbelang of wat voor drijfveer er dan ook achter zit.

Ik haalde een paar keer diep adem en liep toen het toilet uit. De groep mannen in het midden werd hoe langer hoe luidruchtiger en de eigenaar hield hen nauwlettend in de gaten. Connor zat achterstevoren gedraaid om te kijken waar ik bleef, en zijn gezicht lichtte op toen hij me zag aankomen. Net toen ik aanschoof, ging mijn telefoon.

'Neem me niet kwalijk,' zei ik tegen Connor. 'Het moet iemand van thuis zijn.' Meteen gaf ik een kreet. 'Het is mijn broer!'

Ik nam op. 'Stijn! Eindelijk!'

'Esther! Wat is er in godsnaam aan de hand? Ik snap al die sms'jes maar half en er stonden meer dan twintig ingesproken berichten van jou op mijn voicemail. Zit je in Schotland?' Hij sprak het laatste woord uit alsof het iets heel vies was.

'Je kunt je niet eens voorstellen wat er gebeurd is...' begon ik en ik legde hem zo snel mogelijk uit wat hij allemaal gemist had. Connor, tegenover me, keek me heel nauwlettend aan en probeerde iets op te maken uit wat ik zei. Het onbegrip stond op zijn gezicht geschreven. 'Kun je hierheen komen?' eindigde ik mijn relaas.

'Ja, natuurlijk kom ik. Ik ben razend nieuwsgierig. Waar ben jij nu? Zit je te eten?'

'Ja, klopt. Ik ben in een restaurant met iemand uit het dorp.'

'Zo zo. Dat heb je snel gedaan,' zei hij half spottend, half waarderend.

'Doe niet zo flauw. Ik zal je alle gegevens doorsturen per sms. Wanneer kun je hier zijn?'

'Ik heb beloofd iemand van de vissersboot thuis af te zetten, daarna ga ik de huurauto in Marseille inleveren en dan kijken of ik de vlucht kan omzetten,' somde Stijn op. 'Waar moet ik heen? Aberdeen? Ik weet niet eens waar dat ligt. Op zijn vroegst morgenavond, denk ik. Kun jij me ophalen van het vliegveld?'

Daar dacht ik even over na. 'Nee, je kunt beter een auto huren, want het is te ver om op en neer te rijden.' Dat bracht Frank in mijn gedachten. Die ging op één dag heen en weer, dat had hij me tijdens onze eerste rit samen verteld. 'Als je belt als je geland bent, zal ik wel aangeven hoe je moet rijden. Ik vraag hier wel even na wat de snelste weg is.'

'Is alles verder goed met je?' vroeg hij opeens, toen de zakelijkheden geregeld waren.

'Alles is prima. Ik was wel aardig gestrest van die hele zaak, maar nu zie ik het allemaal weer zitten. En met jou?'

'Wat zei je? Ik kan je haast niet verstaan. Wat een kabaal daar!' Stijn moest hard praten, ik kon hem nauwelijks horen.

'Ik hang op, want mijn date begint zich te vervelen,' zei ik lachend en we zeiden gedag. Ik stopte de telefoon weg. Het voelde zo goed dat ik Stijn had gesproken, dat ik er helemaal blij van werd. De jongen die bij Diana aan tafel zat (haar broertje, had Connor gezegd) liep naar de wc en achter Connors rug zag ik Diana de rekening betalen. Ze stond op en de mannen aan tafel begonnen te joelen. 'Hé, schat. Ik ben veel ouder. Meer ervaren. Groter, als je begrijpt wat ik bedoel,' riep een grofgebouwde veertiger met een knalrode neus. De anderen bulderden van het lachen.

'Het is strafbaar, met kleine jongetjes,' riep een man in een gestreepte trui die naast hem zat. 'Of ben je hem aan het opleiden?'

Ik verstijfde. Diana, vast wel wat gewend van de pub, keek onaangedaan en gebaarde naar de eigenaar dat hij zich niet ongerust hoefde te maken.

'Was alles goed met je broer?' informeerde Connor.

Ik knikte afwezig en hield vanuit mijn ooghoeken de boel in de gaten. 'Ja hoor.'

'Komt hij hierheen?'

'Ja hoor,' antwoordde ik weer. Diana boog zich naar de man met de gestreepte trui toe en fluisterde hem wat in het oor. Wat ze zei kon ik natuurlijk niet verstaan, maar hij had er geen enkele moeite mee, want hij werd nog roder dan hij al was.

'Connor...' fluisterde ik met een knikje, mijn blik gericht op de groep in het midden van het restaurant. Hij zag mijn gezicht en draaide zich om, om te zien waar ik naar keek. Diana's broertje kwam terug van de wc en met z'n tweeën liepen ze naar de deur. Ze duwde hem open, keek nog een keer met een minachtende blik naar de mannen aan tafel en wuifde hen met een spottend lachje op haar gezicht gedag. De deur viel zachtjes dicht.

'Maak je maar geen zorgen,' stelde Connor me gerust. 'Ze kan ze wel aan. Ze staat niet voor niks achter de bar. Wanneer komt je broer hierheen?' vroeg hij, niet meer geïnteresseerd in Diana.

Ik herhaalde wat Stijn had gezegd toen ik zag dat de gast

met die rode neus overeind kwam, zijn broek omhoog sjorde en vervolgens de deur van het restaurant uitliep. Nog geen tien tellen later ging de man met de gestreepte trui erachteraan.

'Connor, er gaat iets niet goed,' zei ik vlug en gebaarde in de richting van de deur. 'Volgens mij gaan ze achter Diana aan.'

'Er gebeurt niks,' zei Connor, maar ik maakte me echt zorgen en duwde mijn stoel naar achteren.

'Hé, waar ga je heen?' vroeg Connor, en hij pakte mijn hand toen ik hem voorbij wilde lopen. 'Esther, laat haar nou maar.'

'Nee,' zei ik fel. 'Het interesseert me niet wat er tussen jullie is voorgevallen, of zij of jij nou degene is die de ander bedrogen heeft. Ik ga niet werkeloos toekijken hoe ze wordt lastiggevallen!' Mijn wangen werden warm en ik wist hoe gespannen ik eruit moest zien.

Connor merkte dat het me menens was en stond snel op. 'Ik ga met je mee.'

Joe, die net even naar de keuken was geweest en gemist had dat de twee de deur uitliepen, protesteerde over betalen, maar Connor gebaarde dat hij zo terug zou zijn. Zijn jas en de mijne hingen nog over de stoel, wat voor Joe blijkbaar voldoende garantie was, want hij knikte goedkeurend en we liepen snel naar buiten.

'Bel de politie,' riep ik voordat de deur dichtviel. Zou dat nut hebben? Was er sowieso wel politie in dit gehucht gevestigd?

Connor keek naar links, naar de houten loopplank die naar het dorp leidde, maar ik keek de andere kant op, naar het zandstrand en de rotsen van de baai. Het waaide hard, motregen vermengd met zand sloeg als gruis in mijn gezicht. De woestheid van de branding overstemde alles.

'Daar!' riep ik. Verderop zag ik, in het halfduister, een aantal gedaantes. Een kreet werd met de wind meegevoerd, onze kant op. Connor en ik renden door het zand en zonder zich te bedenken sprong Connor boven op de grootste van de twee, die Diana net tegen de grond drukte. Diana's broertje werd vastgehouden door de man in de streepjestrui, maar toen ik erbij kwam en hem met mijn tas tegen zijn hoofd sloeg, liet hij hem in een reflex los en probeerde weg te duiken. Minder dan een halve minuut later kwam Joe eraan rennen, gevolgd door een groepje dat ook hulp kwam bieden. 'Ophouden!' brulde hij en trok Connor en de grote man uit elkaar. Het gevecht was nog sneller voorbij dan het begonnen was en de amokmakers werden door hun kameraden uit het restaurant weggevoerd. Ze schreeuwden allerlei verwensingen naar Diana en haar broertje, en daarna naar Connor en mij, maar het gevaar was geweken.

'Diana! Is alles goed? Gaat het? Ben je gewond?' vroeg ik bezorgd, en tegelijk met Connor liet ik me op mijn knieën naast haar in het zand vallen. Haar broertje stond er bedremmeld bij.

'Au. Ja, alles goed. Jullie waren net op tijd,' gromde ze en we hielpen haar overeind. Het was te donker om goed te kunnen zien en we strompelden terug naar het restaurant. Diana had een fikse snijwond op haar kin. 'Hij gaf me een klap. Ik denk dat hij een ring om had,' zei ze en siste toen Joe's vrouw met een watje en waterstofperoxide de snee bette. 'Dat prikt. Au.' Toen ze weer iets was bijgekomen zei ze, zachter: 'Die vent was helemaal door het dolle.'

'Je had hem niet moeten uitdagen,' zei Connor, wat me wel een beetje verbaasde, want hij had niet gezien dat Diana de man aangesproken had. Blijkbaar kende hij haar heel goed.

'Dat deed ik niet,' zei Diana met fonkelende ogen. Haar broertje zag pips en keek weg toen Joe's vrouw het watje optilde om te kijken hoe de snee eruitzag.

'Wat zei je dan?' vroeg ik, want ik zag nog het rode gezicht van de man voor me toen Diana hem iets ingefluisterd had. Het was vast geen opmerking over de lekkere dagschotel geweest.

'Dat hij niet moest vergeten de rekening te betalen voordat hij vertrok,' zei ze.

Ja, ja. Vast. Maar het deed er ook niet toe.

Connor duwde een lok haar weg uit Diana's gezicht. Ik wist niet goed waar ik naar keek. Hij was zowel boos als zorgzaam, een vreemde combinatie. 'Je mag Esther wel bedanken. Als zij niet in de smiezen had gehad dat die gorilla's achter je aan gingen...'

Ze greep mijn hand. 'Bedankt, Esther.'

Ik gaf haar een kneepje. 'Geen dank.'

Het broertje mompelde ook een dankjewel, en ik gaf hem een knipoogje. Joe schonk iedereen een stevige whisky in, behalve voor de jongen, die hij met de naam Owen aansprak en een Red Bull in zijn handen duwde. De whisky brandde aangenaam warm in mijn keel. Diana sloeg het drankje in een teug achterover.

Connor bekeek haar nog een poosje met argusogen. 'Voel je je niet ziek? Geen hoofdpijn? Hoe kom je thuis?'

'Connor, laten wij haar naar huis brengen,' zei ik, met een hand Diana's hand vasthoudend, de vingers van mijn andere hand op Connors arm. Connor hield Diana's hand vast, waardoor we heel even een bijzondere driehoek vormden, samengebracht door een merkwaardige samenloop van omstandigheden.

'Niet nodig, we lopen wel. Het is maar een klein stukje. Heus, alles is goed,' drukte ze Connor op het hart. Het was niet bepaald pais en vree wat hier in de lucht hing, maar de bitterheid die ik op Diana's gezicht had gezien toen ze me voor Connor had gewaarschuwd in het toilet, was verdwenen. 'Kom, Owen, dan gaan we,' zei ze, duwde zich uit de stoel omhoog en na een laatste bedankje liep ze met haar broertje naast zich opnieuw naar buiten.

Niemand zou haar nog lastigvallen.

7

Connor had me thuis afgezet. Hij was uitgestapt en meegelopen naar de voordeur. 'Sorry dat het zo moest aflopen,' verontschuldigde hij zich.

'Welnee, dat zijn tenminste dates die ik me blijf herinneren,' lachte ik.

'Niet te erg geschrokken?'

'Tuurlijk wel, maar daar kun jij toch niets aan doen? Ik was blij dat je meeging, want ik had met mijn kippenkracht niet veel kunnen uithalen tegen die mannen.'

Connor deed een stap naar voren. Hij raakte mijn haren aan en liet zijn wijsvinger langs mijn wang en kin glijden. God, wat was hij aantrekkelijk. Hij bleef wachten tot ik hem binnen zou vragen en de verleiding was groot, maar toch deed ik het niet. 'Connor, het was een... memorabele avond. Bedankt voor het eten.'

'Wat?' zei hij met een pruillipje. 'Geen slaapmutsje?'

Na een keer diep ademhalen schudde ik mijn hoofd. 'Nee, nu niet. Een andere keer misschien.'

'Heb ik iets gezegd?' Zijn ogen vernauwden zich heel even. 'Of heeft Diana...' Hij stopte midden in zijn zin toen ik mijn hand opstak.

'Nee, op allebei. Je bent vanaf het eerste ogenblik heel lief voor me geweest. Ik vind je heel aardig, maar dat is dan ook alles voor mij. De vonk is er gewoon niet, Connor. Daarbij ben ik niet het type voor een *one night stand*.' Een beetje spijtig draaide ik aan de zilveren ring die ik om had.

'Ik vroeg om een drankje, niet om je bed,' zei Connor een beetje verongelijkt.

'Nee, maar daar zou het wel op uitdraaien en dat wil ik niet. Daarmee zou ik je aan het lijntje houden. Dat zou niet eerlijk zijn tegenover jou.'

Connor had vast nog niet vaak *nee* te horen gekregen als het op dames aankwam, maar opeens brak er een lachje door en hij knikte een keer. 'Goed, Esther Williams. Wat jij wilt. Ik ben een geduldig man als het erop aankomt.' Hij boog zich naar me toe en gaf me een zachte kus op mijn wang. 'Ondanks de turbulente afloop was het een leuke avond. Binnenkort weer eens doen?'

Hij liep soepel het pad af, zwaaide nog een keer en riep, voordat hij in zijn auto stapte en wegreed: 'Ik houd van Holland!'

*

Dat was gisteravond laat. Ik was gaan douchen en in bed gekropen en had geslapen alsof ik bewusteloos was. Vanmorgen werd ik vroeg wakker van de zon die mijn kamer inviel omdat ik de gordijnen niet goed dichtgetrokken had. Tot mijn vreugde was het weer prachtig zonnig, van de storm was niets meer te bekennen. De regen had de uitgestrekte weide achter mijn huis in een glinsterend tapijt veranderd. Nog heel even, dan had de zon alles verdampt en was het laken van diamantjes weer een gewoon grasveld. Genietend, met een kopje thee in mijn hand, stond ik op het terrasje achter het huis en liet de zon mijn gezicht verwarmen.

De ochtend verliep kalm. Stijn belde met de mededeling dat hij naar alle waarschijnlijkheid over twee dagen mee kon met het vliegtuig naar Aberdeen. In de tussentijd zou hij Veronique en Tanja opzoeken. Ze waren net zo goed vrienden van Stijn als van mij en omdat hij toch nog niet kon vertrekken, ging hij bij hen op bezoek. Dat kwam goed uit aangezien Tanja zou vertrekken naar Italië en Veronique liever niet mee wilde.

Dat was in ieder geval wat ze mij toevertrouwd had. Ze belde me toen ik in de tuin zat met de inhoud van een kastje uit de huiskamer, die ik in een doos had gegooid om uit te zoeken. 'Waarom kom je ook niet hierheen?' vroeg ik haar. 'Kijk of je met Stijn mee kan.'

'Ik zou wel willen, maar ik heb geen rooie cent meer,' bekende ze. 'Het is echt op. Ik ben hier nogal schandalig aan het shoppen geslagen en ik weet niet hoe het in Schotland zit met de designerkleding, maar hier is het eigenlijk onbetaalbaar.'

Ik lachte. 'Waarom koop je dan toch zo veel?'

'Het is zo leuk!' zei Veronique klagelijk. 'Te leuk. Normaal geef ik helemaal niet zoveel geld uit aan kleding, maar ik kan me hier bijna niet inhouden.'

Ik vertelde over het winkelen in Brackloch en ze klonk bijna jaloers toen ik vertelde wat er voor leuke spullen te koop waren, en hoe gunstig het pond was ten opzichte van de euro. Opeens gaf Veronique het gesprek een andere wending. 'Je klinkt... anders. Is er iets gebeurd?'

'Die knokpartij, is dat niet genoeg?' Ik had haar natuurlijk alles verteld over Connor en Diana.

'En is het nou weer vonkende liefde tussen die twee?' wilde ze weten.

'Dat denk ik niet, het is echt wel voorbij.'

'Nou, dan kun jij toch achter die man aangaan?' zei ze, alsof dat de simpelste en meest voor de hand liggende zaak van de wereld was. 'Die Connor klinkt wel erg lekker. Is dát wat ik hoor? Gloort er *love* aan de horizon?'

'Echt niet. Jij zou voor hem smelten,' beloofde ik haar. 'Dat weet ik zeker. Maar ik niet. Hij is mijn type niet.'

'Dat zeggen ze altijd,' mompelde ze luchtigjes. 'Maar wat hoor ik dan in je stem?'

Ik wist het niet precies. Op de tuintafel lag een setje papieren dat ik per post ontvangen had en waarvoor ik had moeten tekenen. Het was nu definitief, op één documentje na, dat ik nog moest afgeven bij het kadaster. Daarna was het rond. Ik was nu, in mijn eentje, eigenaar van Marble House. Officieel, met de hele rataplan erop en eraan. Met dat besef was ook de beslissing dichterbij gekomen: wat moest ik met Marble House doen?

Dat stemde me een beetje melancholiek. Hoe kon ik nu besluiten wat ik moest doen als ik niet wist wat ik wilde? Ik leerde net mensen kennen. De omgeving was prachtig. Er was hier nog zoveel ruimte. Geen verkeersopstoppingen, maar rust. Schapengeblaat in plaats van voorbijdenderende vrachtwagens. Ik begon een beetje te begrijpen hoe mijn oudoom het hier gevonden had, maar ik had nog dagen nodig om verder te graven. Ik was hier nu een kleine week en het beviel me hier beter dan ik had kunnen denken. Als ik het laatste officiële velletje ingeleverd had, kon ik op de trein stappen naar Aberdeen en terug naar Nederland vliegen. En dan? Daar weer nadenken over wat ik met Marble House zou gaan doen? Wat me overtuigen kon, lag recht voor mijn neus. Dat zou ik kwijt zijn als ik op mijn etage in Nijmegen zat te peinzen. Straks deed ik nog iets waar ik spijt van zou krijgen.

'Es? Ben je er nog?' onderbrak Veronique mijn gedachten.

'Ja hoor. Ik zit zo vreselijk te dubben wat ik moet doen!'

'Niet dubben. Gewoon laten bezinken, dat heb ik toch al eerder gezegd? Je kunt het toch allebei aanhouden?' zei ze.

'Niet echt. Dat kan ik niet betalen. Het huis is op zich vrij van hypotheek, maar ik moet wel onroerendgoedbelasting betalen, dat heeft Connor netjes voor me uitgezocht. Twee woningen, eentje in Nijmegen en eentje in Fillkennagh, dat lukt echt niet. Dan gaat in één klap al mijn spaargeld op. Ik denk dat ik het maar verkoop, maar het is zo mooi hier,' verzuchtte ik.

'Nou, het lijkt me nogal simpel: verhuur de boel als vakantiewoning en zorg dat het leeg is als je er zelf in wilt.'

'Misschien ga ik hier wel wonen,' peinsde ik hardop.

'Permanent? Ach, doe niet zo achterlijk. Zonder Stijn? Zonder Tanja en mij? Hoewel ik eerlijk moet toegeven dat Tanja op dit moment een hoog ergernisgehalte bij mij oproept, maar

dat zal vast snel verdwijnen als Han weer opgehoepeld is,' zei ze.
Ze had natuurlijk gelijk: ik kon niet zonder Stijn in de buurt. Tenminste, dat dacht ik. Ons gesprek werd verstoord door drie bonken die door het huis galmden: iemand gebruikte de klopper op de voordeur. Ik rondde het gesprek met Veronique af, die me op het hart drukte om me niet te druk te maken over dingen waar ik toch geen invloed op had, en trok de voordeur open. Daar stond Diana met een grote bos bloemen. 'Voor mijn redster,' zei ze toen ik verrast en blij het prachtige boeket aannam. Ik gebaarde naar binnen en vroeg of ze zin had in een kop thee, maar ze schudde haar hoofd en bleef in de deuropening staan. 'Ik kan niet blijven, ik moet werken,' zei ze. 'Maar ik wilde je bedanken voor je hulp.'

'Het was Connor, hoor, die die grote vent te lijf ging,' zei ik vlug. 'Maar ik vind het wel heel lief van je.'

'Het ging erom dát je kwam helpen,' zei Diana. Ze glimlachte en veegde verlegen met de punt van haar schoen over de steentjes op mijn paadje. 'Connor zei dat jij achter me aan kwam.'

'Connor zegt wel meer,' deed ik het af. Zoveel had ik nou ook weer niet gedaan, ze moest er niet meer van maken dan het was.

'Zullen we een keer met z'n allen gaan eten?' vroeg ze opeens. 'Connor, jij, ik en Owen? Joe maakt geweldige *haggis.*'

Gevulde schapenmaag, dat was het toch? Ik had er een keer wat over gelezen, en ook dat de Schotten eigenlijk de enigen waren die het werkelijk konden waarderen. Ik kon een rilling dan ook niet onderdrukken. Diana zag het en lachte. 'Wacht maar,' zei ze en liep achteruit het paadje af. 'We maken nog weleens een echte Schot van je.'

Ik zwaaide haar na toen ze in haar auto stapte en wegreed. Even bleef ik nadenkend in de deuropening staan, toen wist ik wat ik moest doen. De sjaal die ik voor Frank had gekocht, lag nog steeds in de keuken. Het was heerlijk om een eindje te rijden met de kap naar beneden en ik had wel gezien dat het weer snel kon omslaan hier, dus zette ik wat spulletjes binnen, pakte het cadeautje voor Frank en reed even later in de richting van Brackloch.

Ik passeerde mensen die bepakt en bezakt met tassen, opblaasbootjes, peddels en koelboxen naar het strand in de baai van Fillkennagh sjouwden. Het was onvoorstelbaar dat een gure wind de kust hier pasgeleden nog had geteisterd. Joe zou met dit weer goede zaken doen. Daarna parkeerde ik mijn auto op een braakliggend terreintje tegenover de garage van Frank, omdat het gietijzeren hek gesloten was. De deur van de garage was ook dicht. O, hij was er niet. Daar had ik helemaal niet bij stilgestaan. Ik belde voor de zekerheid toch maar even aan. Er kwam geen geluid vanuit de werkplaats, maar wel vanaf de voorkant van het woonhuis dat tegen de garage aan gebouwd was. 'Esther? Ben jij dat?'

Dat was Frank, die gekleed in een polo en een korte broek net de voordeur dichttrok. Op de stoep naast hem stond een grote tas. Ik zag nog net een stukje van een handdoek. In een groot uitgevallen soort buggy zat Sean, die een zachtgele plastic eend vasthield. 'Hoi Frank! Hallo Sean. Weet je nog dat ik Esther heet?' Ik hurkte voor hem neer en wees op zijn tenen. Hij keek me met zijn grote bruine kijkers aan op die vreemde, afwezige manier van hem. 'We wiebelden met onze tenen. Weet je nog? Weet je ook nog hoe het moet? Ik moet even met je papa praten. Goed?'

Frank stond me zwijgend gade te slaan en ik kwam overeind. 'Ik kwam je bedanken voor je hulp,' zei ik wat onhandig en gaf hem het pakje. Het leek nu totaal onzinnig om bij strandtemperaturen een sjaal te geven, maar Frank pakte hem uit en liet hem door zijn handen gaan.

'Dat is heel mooi,' zei hij met een knikje. 'Dankjewel.' We stonden wat onwennig daar in de zon, totdat Frank opeens de stilte verbrak en vroeg of ik iets te doen had. 'We gaan naar het strand. Heb je misschien zin om…'

'Graag,' knikte ik. 'Als Sean het ook goedvindt?'

'Sean vindt het best, hè, mannetje.' Frank draaide de buggy en we liepen over de stoep naar een zebrapad, staken over en kwamen uit op een weg die naar de baai leidde.

'Ik heb gehoord dat je Diana Lewis van een wisse dood hebt gered,' zei Frank.

'Een wisse dood? Dan weet ik niet wat je gehoord hebt,' zei ik fronsend, 'maar dat lijkt nergens op. Ze werd lastiggevallen en Connor en ik hebben haar geholpen. Dat is alles.'

'Ah. Dat is een iets andere versie dan die mij verteld is,' zei Frank op zijn rustige manier.

'Mag jij Connor niet?' vroeg ik hem recht op de man af. 'Toen hij gisteren kwam aanrijden bij de garage keek je heel boos. Het was alsof je het er niet mee eens was.'

'Waar niet mee eens was?' Frank liet zich niet in de kaart kijken. Hij maakte het me in ieder geval niet makkelijk.

'Dat Connor opdook met schoenen voor mij.'

'Daar heb ik niets van te vinden,' zei hij kalm.

'Diana heeft me verteld dat Connor haar bedrogen heeft. Connor vertelde precies hetzelfde, maar in zijn versie was zij het die hem bedroog met een ander,' zei ik in de hoop dat Frank er iets over wist en het me zou vertellen. Maar Frank gaf me geen antwoord.

'Hierheen.' Hij stuurde de buggy een bijna onbegaanbaar pad in, hobbelde door zover als hij kon, tilde toen Sean uit de buggy en zette hem op zijn nek. Hij klapte de buggy in, ik nam de tas van hem over, en achter hem aan liep ik over het smalle pad naar omlaag.

'Gaan we hier naar de baai?' vroeg ik verbaasd. Ik moest goed opletten waar ik mijn voeten neerzette, want er staken puntige stenen omhoog uit de harde rotsachtige grond, ook al lag er een laag zand op.

'Dit strand kent bijna niemand,' zei Frank. 'Ik houd van rust.'

You don't say... Hij was de kalmte in eigen persoon, de vleesgeworden rust. Die zag ik echt niet op een stampvol strand zitten. Deze plek paste precies bij hem.

Het strandje was piepklein, met nauwelijks branding en een lang ondiep stuk waar Sean op zijn gemak kon spelen. Frank zorgde ervoor dat hij een zwembroekje aan kreeg, zette hem een hoedje op en bracht hem naar het water. Op het smalle borstkasje van Sean zaten drie littekens van minstens twintig centimeter lang, dunne rozerode kabels op zijn met sproeten bedekte huid.

Frank trok zijn shirt uit en ging een paar meter bij Sean vandaan op het zand zitten. Ik liep een stukje het water in en liet het over mijn voeten spoelen. 'Houd je van de zee?' vroeg Frank toen ik een schelpje opraapte en het bekeek.

'Heerlijk,' knikte ik. 'Maar thuis zie ik hem niet vaak. Alleen als ik op vakantie ben, of een dagje naar de kust ga.' Ik gebaarde naar het water. 'Kom er ook in. Het is best warm op de ondiepe stukken.'

Frank schudde zijn hoofd. 'Nee, nu niet.'

'Je weet niet wat je mist,' lachte ik en ik ging – bij gebrek aan een bikini – in mijn zomerjurk bij Sean zitten in het tien centimeter diepe water. Het zand kroop meteen in mijn slipje. Sean bewoog de plastic eend eindeloos in rondjes op het water en ik maakte een bergje van het modderige zand waar de eend omheen kon draaien. Sean zei niets. Hij keek alleen maar toe.

'Hoe kom je aan dit plekje?' vroeg ik. 'Het is hier heerlijk stil.'

'Ik zoek altijd iets stils. Sean kan slecht tegen drukte. Dit gaat goed.'

Logisch. Hij was een jongetje dat speciale aandacht nodig had, dat was me al heel snel duidelijk geworden.

'Houd je van kinderen?' vroeg Frank even later.

'Ik ben gek op kinderen. Ik ben niet voor niets juffrouw geworden. De hele basisschoolleeftijd vind ik leuk. Als ze zo klein zijn en alles nog nieuw is, als ze wat ouder worden en dingen gaan ontdekken – weet je hoe cool het is om daar met je neus bovenop te mogen staan?'

Frank glimlachte. Hij lag, leunend op zijn onderarmen, in het zand en zei verder niets meer. Het water op het strandje was heel helder. Ik ving een piepklein krabbetje, liet het aan Sean zien en liet het toen weer los in zee. Van wat drijfhout knutselde ik een bootje dat op de golfjes dobberde. Na een hele tijd kwam ik het water uit en nam Sean met me mee. Eerst keek hij langs me heen toen ik zei dat hij eruit moest, maar nadat ik het een paar keer duidelijk en kalm herhaald had en mijn hand had uitgestoken, stond hij op, legde zijn kleine handje in de mijne en liep met me mee. Op wankele voeten liep hij over het zand en ik liet me in mijn natte jurk naast Frank in het zand neerploffen. Zonder iets te zeggen pakte ik de zonnebrandcrème die ik in mijn tas had en smeerde eerst wat op mijn gezicht, toen op de wangen en de neus van Frank en daarna op die van Sean. Hij liet het met een afstandelijke gelatenheid toe. Voorzichtig smeerde ik het bij hem uit. 'Klaar,' zei ik toen ik het dopje op de tube draaide. 'Ik smeer een beetje crème op je toet zodat het straks geen pijn gaat doen, omdat de zon zo warm is.'

Sean vond mijn uitleg best. Hij stribbelde niet tegen en pakte de boterham aan die Frank uit de tas haalde en aan hem gaf. Ik hielp hem met het sluitlipje en keek toe hoe Sean traag het broodje at. Hij kauwde nauwelijks maar nam kleine happen die hij lang in zijn mond hield en daarna in een keer door leek te slikken. Zijn ogen gleden steeds net langs mij heen, alsof hij me wel wilde bekijken maar het niet durfde.

'Wanneer ga je terug?' vroeg Frank tussen twee happen door.

'Naar Nederland? Dat weet ik nog niet,' bekende ik en ik

vertelde hem waar ik mee worstelde sinds ik aangekomen was.

'Zou je hier willen wonen?'

Iets in de manier waarop hij het vroeg deed me opkijken. 'Misschien,' antwoordde ik langzaam. Ik wilde vragen waarom hij me dat vroeg, maar ik deed het niet. Frank was iemand die uit zichzelf iets zou vertellen, of het helemaal niet deed. Ik besloot geen risico te nemen en zei niets meer.

'Ik heb een baan. Als ik hier ga wonen, is dat weg,' zei ik na een tijdje. 'Het is nogal een stap om mijn werk op te zeggen. Misschien kan ik wel een regeling treffen dat ik een sabbaticaljaar neem, dat ik hier kan kijken hoe alles gaat, en daarna terug kan komen, als ik eruit ben. De directeur is heel schappelijk, hij zou zoiets vast niet afkeuren.'

Frank knikte. 'Mooi, als zoiets mogelijk is.'

'En mijn familie en vrienden wonen daar, en ik heb er een woning,' ging ik peinzend verder. Meer tegen mezelf dan tegen Frank zei ik: 'Maar ja, moet ik me daardoor laten leiden? Is wat vertrouwd is dan allesbepalend? Ik weet wat ik heb, ik weet niet waar ik aan begin als ik deze stap nu neem. Maar dat maakt het toch niet per definitie onmogelijk?'

Wijselijk gaf Frank geen antwoord.

Sean knikkebolde boven het laatste stukje brood. Frank vleide het jongetje zachtjes neer op de handdoek en legde zijn shirt over hem heen. Uit de tas haalde hij een opvouwbare paraplu, klapte die open en zette hem zo neer dat Sean in de schaduw lag.

''t Is een lief jochie,' zei ik.

'Ja, dat is-ie zeker. Bewerkelijk, ook. Helaas vindt zijn moeder hem een idioot en een lastpost.' Frank kneep zijn ogen een beetje dicht tegen de felle zon die in het zeewater schitterde.

'Pardon?'

Frank stak eindelijk van wal. Langzaam, op die behoedzame, trage manier die bij hem paste, vertelde hij over zijn zoontje. Door zuurstofgebrek bij de bevalling was Sean al meteen een zorgenbaby. Maanden in de couveuse en ingrijpende hartoperaties waren nodig om het fragiele jongetje erdoorheen te slepen. Maar dat was pas het begin van de zorgen. Sean ontwikkelde zich niet zoals andere kindjes. Hij at slecht, sliep slecht, maakte nauwelijks contact met andere kinderen en leek volledig in zijn eigen wereld te leven. Frank had oneindig veel geduld en bracht uren en uren met hem door, als Sean maar bleef huilen en niet tot bedaren kon komen. Na twee jaar gaf zijn vrouw het op. Sean kon nog niet eens uit zichzelf blijven zitten en begreep alleen de meest basale begrippen als slapen en eten, maar daar was het wel mee gezegd. De scheiding werd uitgesproken en de voogdij ging naar Frank. Eens in de twee weken ging Sean twee dagen naar zijn moeder, die in Aberdeen woonde. Dat verklaarde meteen waarom Frank regelmatig in Aberdeen was. Toen ik met hem mee kon rijden, had hij Sean net weggebracht naar zijn ex-vrouw. 'Ze zorgt nu beter voor hem,' eindigde Frank zijn verhaal.

'En wie zorgt er voor hem als jij aan het werk bent?' vroeg ik. Een schuldgevoel bekroop me toen ik besefte dat hij pas nog in de heuvels had rondgereden om mij te vinden. Had hij daarvoor Sean alleen moeten laten?

'Mijn *mum*. Zolang ze het kan, blijft ze het doen. Maar ze is oud.'

'Je zou een vaste verzorgster in huis moeten hebben. Een nanny,' bedacht ik en op het moment dat het woord 'nanny' over mijn lippen rolde, ging er een lichtje bij me branden. Plots dacht ik te weten waarom Frank had gevraagd wanneer ik terug zou gaan naar Nederland en of ik in Schotland zou willen wonen.

'Je bent geweldig met hem,' zei Frank. 'Van de week, in de garage, met die schoenen. Normaal duurt het heel lang voor hij op iemand reageert.'

‘Ik heb ook veel geduld,’ zei ik zacht en keek naar het slapende jongetje.

‘Hij is meestal heel rustig, maar soms krijgt hij driftbuien,’ zei Frank. ‘Dan is hij moeilijk te handhaven.’

‘Begrijpelijk,’ knikte ik. ‘Ongetwijfeld ziet hij dingen die hij wil doen, of is er iets wat hij wil zeggen, en dat lukt hem niet. Daar zou je zelf ook gefrustreerd van raken. Het zal ook nog wel erger worden. Wat doe je dan, als hij zo’n bui heeft?’

‘Dan sla ik mijn armen om hem heen en ik houd hem vast. Heel stevig, tot hij tot bedaren komt. Dat helpt meestal wel.’ Franks blik gleed van Sean naar mij en ik glimlachte. Wat een bijzondere, dappere man. Ik ontmoette zijn blik en hij glimlachte terug. Ik voelde me warm worden, op een merkwaardige manier gewaardeerd door deze introverte man, wiens hart sneller was gaan kloppen door mijn omgang met zijn bijzondere kind.

We praatten nog een tijd over Sean. Over wat hij niet kon, wat hij wel kon, hoe hij zich gedroeg te midden van anderen, of hij ooit naar school zou kunnen en nog veel meer. Al mijn kennis over schoolgaande kinderen kwam naar boven, en ook die van de aanvullende studies die ik had gevolgd over probleemgedrag en moeilijk lerende kinderen. De instanties in dit land waren zonder twijfel heel anders van opzet, maar het principe was toch overal dat een speciaal kind speciaal onderwijs nodig had. Sean was daarop geen uitzondering.

Frank was, afgezien van wat hij had verteld over de manier waarop hij omging met de problemen thuis, erg gesloten over zichzelf. Hij liet zich ook niet uit over zijn ex-vrouw, ook al was het duidelijk dat ze hem opgescheept had met de zorg voor hun kind. De manier waarop hij regelmatig een blik op het slapende jongetje wierp, ontroerde me. Na een tijdje vervielen we in aangenaam stilzwijgen.

Ik liet me achteroverzakken in het zand en sloot mijn ogen. De zon was warm en het zou niet lang duren voordat ook factor twaalf mijn wangen niet meer zou kunnen beschermen. Maar ik mocht nog even genieten. Naast me was Frank ook achterover gaan liggen. Meeuwen krijsten, door mijn ooghaaren zag ik de vogels deinen op de wind. Het gras dat tussen de rotsen achter me groeide, ruiste op hetzelfde ritme. Het was hypnotiserend, maakte me suf. Ik voelde me doezelig worden en ik bedacht vaagjes dat ik in slaap zou vallen toen de stem van Frank me terugtrok naar de realiteit.

'Connor heeft gelijk,' zei hij opeens, zonder introductie. 'Hij was het slachtoffer, Diana bedroog hem. Hij had het er moeilijk mee. Het kostte hem maanden om zijn leven weer op te pakken. Diana maakte er een potje van toen ze terugkwam en probeerde om weer zijn vriendin te worden.'

Ik draaide me op mijn buik zodat ik hem fatsoenlijk aan kon kijken. Frank hield zijn hand boven zijn ogen om een schaduw op te werpen.

'Ze hebben me allebei hetzelfde verhaal verteld, alleen met een andere hoofdrolspeler. Hoe weet jij wie er gelijk had?'

Frank laste een lange pauze in voordat hij me antwoord gaf. 'Ik ken Diana al jaren. En Connor ook. Ik zag hoe ze er met Connors beste vriend vandoor ging.'

'Connor houdt nog van haar,' zei ik langzaam. 'Ik zag het gisteren. Hij was niet zomaar bezorgd.'

Frank schudde zijn hoofd en ging overeind zitten. Hij veegde het zand van zijn armen. 'Misschien. Vanwege de goeie ouwe tijd. Maar er is te veel kapotgegaan. Dat kun je niet meer repareren.'

Het stond bijna op zijn gezicht geschreven: *been there, done that, got the T-shirt.* Ik ging ook zitten en Frank begon zijn spullen bij elkaar te zoeken. Hij wees naar een plek bij de steil oprijzende rotsen van de baai. 'Daar is schaduw. Zullen we daar gaan zitten? Of heb je er genoeg van?'

Nee, dat had ik niet. Ik vond het fijn zo, en ik voelde me loom en warm en rozig.

'Waarom heb je een hekel aan Connor?' vroeg ik opeens toen we alle spullen verhuisd hadden. Sean was niet eens wakker geworden toen Frank hem voorzichtig oppakte en in de opengeklapte buggy neerlegde om verder te slapen.

'Ik heb geen hekel aan Connor.'

'Jawel. Ik zag het aan je gezicht.'

'Ik mag hem niet, maar ik heb geen hekel aan hem,' zei Frank eenvoudigweg. 'Ik vind hem protserig, een opscheppertje. Dat is mijn type niet.'

Ik keek Frank aan. Zijn dikke bruine haar had wat lichte strepen van de zon en zijn ogen leken gevangen te zijn in een web van lijntjes. Hoewel hij misschien maar een jaar of tien ouder was dan ik, had hij al heel wat meegemaakt, en de sporen daarvan waren duidelijk te zien. Hij keek me aan en glimlachte, verlegen door mijn blik.

'Dat is alles,' herhaalde hij schouderophalend. 'Hij is gewoon mijn type niet.'

Ik lachte terug. 'Het mijne ook niet,' zei ik. Connor kwam daarna niet meer ter sprake. Het middagje aan zee sloten we af met een heuse *fish and chips*. Sean bekeek frietje voor frietje voordat hij ze in zijn mond stak, maar hij lachte opeens naar Frank en mij en ik voelde me er warm van worden. Dat gesloten, stille ventje had mijn hart gestolen.

Toen ik 's avonds thuiskwam en de laatste stralen van de zon de avondlucht felrood en brandend oranje kleurden, had ik een besluit genomen.

8

Stijn zag er fris en superbruin uit en hij had die eeuwige zorgeloosheid weer over zich, alsof de wereld om hem heen op kon lossen en hij dan simpelweg niet mee zou verdwijnen. Ik rende op hem af en sloeg mijn armen om hem heen, hij de zijne om mij. We hielden elkaar stevig vast. Hij rook zo lekker, zo vertrouwd en ik was verschrikkelijk blij hem te zien. Hij glunderde en grijnsde van oor tot oor, hij voelde precies hetzelfde. We waren nooit lang gescheiden geweest, we gingen pas sinds drie jaar onze eigen gang op vakantie, en zelfs dan brachten we vaak nog een groot deel van de tijd samen door.

'Wat ben je bruin!' zei ik en raakte zijn haar aan. 'En je haar! Helemaal gebleekt.'

'Het was elke dag vijfendertig graden, en dan op zee: dat gaat hard.' Stijn lachte breed en hield me toen op een armlengte afstand. 'Ik had gedacht dat jij geen kleurtje zou krijgen. Schotland!' Dat laatste sprak hij uit alsof zon en Schotland een niet-bestaande combinatie was en ik lachte.

'Nee, joh, het is hier heerlijk! Eén dagje regen, dat is alles. 't Is hier net Zuid-Frankrijk.' Ik haakte mijn arm door de zijne en trok hem mee naar binnen, waar ik hem een rondleiding gaf. Ik vertelde over Hugh die opeens was opgedoken, hoe ik de auto van oom Leo in de tuin had geparkeerd en over het dorp beneden. Toen ik de achterdeur opendeed en het uitzicht voor Stijn zichtbaar werd, viel zijn mond open. 'Wauw. Te gek!'

'Mooi, hè. Daar, daar ligt Fillkennagh, en als je goed kijkt, zie je ginds een stukje van de haven van Brackloch.'

'Is dat de Atlantische Oceaan?' vroeg Stijn verbaasd.

'Nee, het heet The Minch. Het is de overgang tussen de zee rond Schotland en het gebied boven Ierland, dat overgaat in de Atlantische Oceaan.' Toen Stijn me even verwonderd aankeek, haalde ik mijn schouders op. 'Opgezocht. Wist ik ook niet, hoor.'

Ik haalde wat te drinken, en met een glas in de hand liepen we door het veld achter het huis. 'Die Hugh over wie ik net vertelde hield hier dus de boel bij aan de buitenkant, hij deed het onderhoud en zo. En zijn moeder zorgde ervoor dat het er binnen ook nog leefbaar uit bleef zien, in ruil voor gebruik van deze grond.' Ik knikte naar rechts, waar in de verte schapen stonden te grazen, hoog tegen het oplopende stuk grond.

'Handig. Dan hoef je ook nooit het gras te maaien,' knikte Stijn. 'Goeie regeling trouwens. Houd je dat aan?'

'Voorlopig wel. Maar daarover hebben we het straks nog wel. Wat ging je nou doen voor je hierheen kwam?' vroeg ik. 'Je deed zo onduidelijk.'

'Ik ben navraag gaan doen over dat huis in Frankrijk, van oom Leo. Ik wilde weten wat er gebeurd was en ik ben naar Agay gereden. Op zoek naar het verleden, zal ik maar zeggen.'

O? Daar had hij niets van gezegd. Stijn kneep zijn ogen een beetje dicht tegen het felle zonlicht. 'Ik was het niet echt van plan, maar het intrigeerde me. Die teksten stonden nog in mijn mailbox en ik heb onderweg naar Zuid-Frankrijk een internetcafé bezocht, die teksten geprint en meegenomen. Tijdens het vissen heb ik er niet meer aan gedacht, maar toen we terugvoeren, begon het toch weer rond te spoken in mijn hoofd. Omdat ik dacht dat jij in Nice of Cannes was, en ik je toch daar wilde gaan opzoeken, besloot ik een dag in te lassen om naar Agay te gaan.'

'Wist je nog waar het was? Het huis van oom Leo, bedoel ik,' vroeg ik.

Stijn schudde zijn hoofd. 'Ik kon me het zwembad nog herinneren, en die buitenmuren met die klimop, dus dat was niet veel. Maar het belangrijkste aanknopingspunt was dat tuincentrum en daar ben ik dan ook begonnen.'

Ik groef in mijn geheugen. Hoe zat dat ook alweer?

'In de brief stond dat het tuincentrum zou gaan verkassen in verband met de aanleg van een nieuwe weg, weet je nog? Dus ik op zoek naar dat tuincentrum en jawel, het is nog steeds in Agay gevestigd, op zo'n driehonderd meter van de originele locatie.' Stijn wees naar Fillkennagh. 'Hoe ver ligt dat hiervandaan?'

'Een paar kilometer,' antwoordde ik afwezig. 'Ga eens verder.'

'Het tuincentrum wordt beheerd door een echtpaar, de Dardelles, al aardig op leeftijd. Toen ik vertelde dat ik als kind weleens bij mijn oom kwam, moesten ze even nadenken, totdat ik zei dat ik uit Nederland kwam en oom Leo ook. Toen wisten ze meteen over wie ik het had.'

'Echt? Ging het zo gemakkelijk?' Ik was verbaasd. 'Kenden ze jou dan ook nog?'

'Nee,' zei Stijn en schudde zijn hoofd. 'Ik heb nog gezegd dat jij er ook bij was, maar dat zei ze niets. Enfin, toen ik vroeg waar het was, vertelden ze dat het afgebroken was.'

'O! Echt waar?'

'Oom Leo's huis zat min of meer op dezelfde lijn als het originele tuincentrum, ten opzichte van de nieuwe weg. Dus ook dat moest eraan geloven.'

'Raar. Waarom hebben ze dan niet om die bestaande huizen heen een weg aangelegd?'

Stijn haalde zijn schouders op. 'Weet ik niet, maar ik kan er wel naar raden. Misschien weet je het niet meer, maar het is daar erg heuvelachtig. Bij oom Leo in de buurt was ook een riviertje en een stukje ervandaan waren behoorlijk steile hellingen. Ik vermoed dat het gewoon niet anders kon. De weg die naar het huis van oom Leo leidde, was heel hobbelig, dat kan ik me nog wel herinneren. Maar goed, wat ook precies de reden was, de overheid heeft in ieder geval het tuincentrum en het huis van onze oudoom met de grond gelijk gemaakt.'

Stijn zweeg en nam op zijn gemak een paar slokken bier. Ik kende hem veel te goed om de pauze af te doen als het einde van zijn verhaal: er kwam nog meer. Mijn broer tuurde verlangend naar de baai, waar bootjes af en aan voeren. Hij moest geen tandarts worden, hij moest de zee op, als ik het zo zag.

'Schiet op, rek het niet zo,' zei ik na een paar minuten snibbig. 'Wat heb je verder ontdekt?'

'Nou...' Stijn haalde een keer diep adem. 'Dat is het wel zo'n beetje. Bijna. Ik heb begrepen van meneer en mevrouw Dardelles dat de gemeente hen goed betaald heeft. Landonteigening, dat brengt wel geld in het laatje. Dus vroeg ik of ze wisten of oom Leo ook iets had ontvangen voor de grond en zijn huis, en het antwoord daarop was ja. Alle huishoudens die in hetzelfde schuitje zaten, werden er goed voor betaald. En dat, zusje, is precies wat er gebeurd is. Oom Leo had een brief van het kadaster, waarin werd bevestigd dat de grond weer in handen van de gemeente kwam. Op die manier werd zijn portemonnee goed gevuld.'

'Dus zo verdween het huis in Frankrijk en had hij geld genoeg om hier te komen,' zei ik. 'Maar ik weet absoluut niet waarom hij in Schotland is gaan wonen.'

Stijn glimlachte. Hij wist nog meer. We slenterden op ons gemak terug naar Marble House. 'Weet je hoe seksueel actief die oudjes nog zijn?'

'Stijn!' riep ik vol weerzin. 'Ik wil helemaal niets weten van oom Leo's...'

'Esther, oom Leo was verliefd op een Schotse vrouw. Dat is althans de dorpsroddel in Agay. Meneer Dardelles vertelde het me en hij vond het wel prima. Die rare Nederlander, ook al sprak hij een beetje Frans, en dat vreemde Schotse wicht dat helemaal géén Frans sprak, die moesten maar samen iets beginnen, en het liefst niet in Agay. Want daar hoorden ze allebei niet thuis.'

'Wat? Er woonde een vrouw uit Schotland in Agay en...'

'Precies. Oom Leo zat achter haar aan, als ik mevrouw Dardelles mag geloven. Zijn huis werd verkocht en hij ging achter zijn ... eh... dingetje aan.'

'Zijn liefje,' zei ik effen omdat ik niet na wilde denken over dat dingetje.

Stijn grinnikte. '*Whatever.* In ieder geval, tot zover reikt mijn kennis.'

Ik knikte waarderend. 'Goed gedaan. En dit heb je allemaal in een halfuurtje bij elkaar weten te vinden, alleen maar met behulp van je charmante lach en in je gebrekkige Frans?'

Er verscheen een gekwetste blik op Stijns gezicht. 'Mijn Frans is niet gebrekkig, hooguit wat... eh...'

'Moeizaam dan. Je was altijd slecht in Frans. Vertel op, had je iemand meegenomen?'

We gingen zitten op het stenen bankje in de zon. Door de stof van mijn jurk heen voelde ik de warmte. Een stukje verder hipte er een konijntje over het gras en ik volgde het met mijn ogen terwijl het aan de groene sprieten knabbelde. Wat was het hier toch verschrikkelijk mooi.

'Ik kreeg hulp van iemand die er ook bij was op de boot. Hij sprak goed Engels, had een Engelse moeder en een Franse vader,' bekende Stijn. 'Overigens kostte het wel meer dan een halfuurtje. Honderdvijftig euro, om precies te zijn. Het duurde lang voordat ik die familie Dardelles een beetje los kreeg. Maar goed, toen ik voor dat bedrag aan kuipplanten bestelde, kregen ze zin in een praatje.' Hij zuchtte. 'Hoe dan ook, dit alles' – hij gebaarde naar het huis en het fantastische zicht op de baai – 'is dus vanwege een snelweg door de kelder van oom Leo.'

'Weet je, er is in dit alles maar één ding dat ik echt niet begrijp,' zei ik na een poosje. Ik hoefde mijn zin niet eens af te maken om een instemmend knikje van Stijn te krijgen. De vraag stond op zijn gezicht geschreven: waarom had oom Leo ons als erfgenamen uitgekozen?

'Weet je de naam van die Schotse vrouw?' vroeg ik opeens. 'Want dan woont ze misschien hier ergens in de buurt.' Het zou toch niet de moeder van Hugh zijn? In films ging het altijd zo, dan bleek de minst voor de hand liggende persoon opeens familie te zijn of zoiets. Stijn knikte. Hij haalde een papiertje uit zijn broekzak en keek erop. 'Melanie Patterson heet ze, en ze is verhuisd naar Ledmore. Geen idee waar dat ligt, overigens. Weet je dat ik hier nog speciaal voor teruggegaan ben en dat ik heel wat mensen heb moeten spreken voordat ik iemand vond die wist waar ze heen gegaan was?'

Ik keek naar de naam en de plaats.

'Zegt je dat wat?' vroeg Stijn nieuwsgierig toen hij me zag peinzen over de naam.

Ik schudde mijn hoofd. 'Nee, niets. Maar ik ken iemand die die plaats vast wel kent.'

'Als je broer er niet bij was, ging ik met je mee,' zei Frank. Hij haalde zijn stompe vingers over zijn stoppels en keek verlegen naar de grond. 'Weet je zeker dat je het allemaal gaat redden?'

Met een glimlach gaf ik hem een kneepje in zijn hand. 'Stijn is niet zo'n brokkenpiloot als ik,' zei ik lachend. 'Maak je geen zorgen.'

'Links houden, hè,' zei hij nog waarschuwend en stak zijn hand op om naar Stijn te zwaaien, die in de auto wachtte. Die zwaaide terug. Ik knikte, en met de kaart die Frank me had meegegeven in mijn hand, stapte ik in.

'O, Esther, wacht eens even!' riep Frank, gebaarde me om te blijven zitten en liep vlug het huis in. Even later kwam hij terug met in zijn hand... mijn witte sandaaltjes! Mijn hippe zomerschoentjes die ik gruwend weggeslingerd had nadat ik in een koeienvlaai was gaan staan. Ze waren helemaal schoon, geen spatje drek meer op te bekennen, en ze glansden alsof ze net gepoetst waren.

'Hoe kom je daaraan?' vroeg ik verbaasd, de schoenen van hem aannemend door het naar omlaag gedraaide raampje.

'Ach, ik zag ze liggen,' zei Frank schouderophalend. 'Al dat zwerfafval in de berm...'

Ik stapte de auto uit, sloeg mijn arm om zijn schouder en gaf hem een dikke pakkerd. 'Dankjewel! Wat ontzettend lief van je!'

Frank glimlachte schuchter. 'Ga nu maar,' zei hij zacht.

Ledmore lag maar een klein stukje rijden van Brackloch en twintig minuten later reden we een klein, pittoresk dorp in. In het telefoonboek hadden Frank en ik een Patterson gevonden en Frank had aangeboden om te bellen, maar ik had mijn hoofd geschud en het aanbod afgeslagen. Ik sprak mensen liever persoonlijk.

Het adres hoorde bij een bejaardenflat. We liepen over de betonnen trap naar de eerste verdieping, waar Melanie Patterson zou moeten wonen. Er hing een naamplaatje op de deur en toen ik zenuwachtig op de bel drukte, greep Stijn me bij mijn elleboog. 'Ben je nerveus?'

'Ja,' fluisterde ik. 'Misschien hebben we wel een halfachternicht of neefje. Hoe heet zoiets... Had oom Leo een kind bij die vrouw of zo.'

Voordat Stijn iets terug kon zeggen, ging de voordeur open en keek een man van een jaar of vijftig ons onderzoekend aan. Hij was smal gebouwd, met een mager gezicht en felle, donkere ogen. 'Ja?'

'Eh...' begon ik aarzelend. 'Dag meneer. Wij zijn op zoek naar Mrs. Melanie Patterson.'

'Komt u haar iets aansmeren?' vroeg hij achterdochtig.

'Ik ben hier niet om iets te verkopen,' zei ik haastig. 'Onze oudoom kende Mrs. Patterson. We hoopten dat ze iets meer over hem kon vertellen.'

De wenkbrauwen boven de donkere ogen gingen omhoog. 'Uw oudoom?'

'Leopold Williams. Mijn naam is Esther, dit is mijn broer Stijn.'

Vlug nam Stijn het over en hij legde kort uit wat hij mij ook verteld had. Ik stond ervan versteld hoe keurig hij dat deed, elk woord kiezend met de nodige discretie. Leerden ze hem dat ook bij tandheelkunde? Uiteindelijk deed de man de deur wat verder open om ons binnen te laten. Hij stelde zich voor als John van de technische dienst. Hij was net bezig om de afvoer van de gootsteen te repareren.

Mrs. Patterson was hoogbejaard, haar gezicht vol rimpels, haar witte haren dunnetjes over haar magere schedel. Ze zat in een gemakkelijke stoel, handen en rug krom van de artrose, met een boek met reusachtige letters op schoot en een loep aan een touwtje om haar nek. John stelde ons voor. Eerst dacht ik dat ze zat te suffen of te ver heen was om hem te begrijpen, maar opeens gebaarde ze dat we moesten komen zitten en John liet ons alleen met de belofte een *cuppa* te gaan maken.

Melanie Patterson mocht dan wel oud zijn en ze hoorde niet zo heel goed en praatte langzaam, ze was nog steeds goed bij de pinken. 'Ja, Leo Williams, natuurlijk,' zei ze toen Stijn opnieuw zijn verhaal had gedaan.

'We hoopten dat u ons iets over die tijd zou kunnen vertellen,' eindigde ik onze inleiding. 'Kende u hem goed?'

'Wat is goed? Ik kende hem redelijk. Vroeger was ik kunstschilder, nog lang voordat deze oude handen me in de steek lieten door reuma. Hier in Schotland kon ik niet schilderen wat ik wilde, dus ik ging naar Frankrijk vanwege het prachtige licht en het mooie landschap. Samen met mijn man Vincent trok ik rond. Uiteindelijk bleven we hangen in de Provence, omdat het er zo mooi was en de zon altijd scheen. Ik ging er schilderen en Vincent zocht werk. Hij kluste in huizen, als tuinman, werkte bij een bakker en een slager en nog veel meer. Toch kregen we maar weinig contact met de mensen in Agay. Ze bleven stug en ontoegankelijk.' Ze pauzeerde even. 'Het kwam natuurlijk ook omdat we geen Frans spraken. Dat maakte het ook moeilijk. Vince probeerde het wel, maar hij had er geen geduld voor.'

Mrs. Pattersons slechtziende ogen gleden naar het raam, waardoor ik bomen zag waarvan de bladeren een glanzend groen geheel vormden. Groen, de allesoverheersende kleur van Schotland. Groen in honderden schakeringen. Groen, dat er om de een of andere reden in Nederland heel anders uitzag.

Mrs. Patterson ging verder. 'Op den duur liep het tussen ons ook spaak. Ik verkocht maar heel af en toe een schilderij, het bracht nauwelijks geld in het laatje. Vince was ervan overtuigd dat hij in Schotland beter zou kunnen verdienen en het ook meer naar zijn zin zou hebben. Maar ik was er gelukkig, op een vreemde manier. Het licht daar, dat was wat ik nodig had. Uiteindelijk vertrok Vince, gedesillusioneerd. Constant gebrek aan geld en het geïsoleerde leven hadden zijn hooggespannen verwachtingen van een leven in Frankrijk de das om gedaan. In die tijd leerde ik jullie oom kennen: een man uit Nederland, die een vakantiehuis aan de rand van Agay had. Hij kocht een schilderij van me. Hij sprak redelijk Engels en hij nam de moeite om me te leren kennen.'

'Oom Leo,' zei ik.

Mrs. Patterson knikte stram. 'Zonder Vince had ik geen vaste inkomsten en van het schilderen kon ik niet leven. Bij Leo werkte ik als huishoudster en hij betaalde mij in de vorm van kost en inwoning, totdat ik ging werken voor een vertaalbureau. Dat werd mijn broodwinning.'

'Ik heb u nooit gezien,' zei ik, gravend in mijn geheugen.

'Maar ik jullie wel,' zei ze met een onverwachte alertheid en een lachje. 'Broertje en zusje, eentje met witte krulletjes, de ander met donker haar. Op een foto. Leo was dol op jullie, hij vond het heerlijk als jullie er waren.' Ze nam me onderzoekend op. 'Is er thuis iets gebeurd? Hij heeft vaak over jullie verteld, maar een andere foto dan die heb ik nooit meer gezien.'

'Hij kreeg ruzie met mijn ouders,' legde ik uit. 'Ze verbraken het contact.'

'Vroeger kwamen we er graag,' zei Stijn. 'Toen was het nog leuk om naar zijn huis in Frankrijk te gaan. Er was een zwembad.'

'Ja, zo gaat dat met kinderen,' zei Mrs. Patterson langzaam, en ze kauwde op haar kleurloze onderlip en keek met een weemoedige glimlach naar buiten. Een tijdlang zat ze in gedachten verzonken, totdat ik haar vroeg wanneer ze weer naar Schotland was gegaan. 'Toen Vincent me terug vroeg, bijna acht jaar later. Hij miste mij en ik miste hem ook. Leo vond dat ik niet terug moest gaan, maar ik heb Vince vergeven, mijn spullen gepakt en ik ben gegaan. Ik was vergeten hoe heerlijk het hier is. Vince is zes jaar geleden overleden en mijn tijd zit er ook bijna op.'

John, die thee voor ons neergezet had, maakte een tut-tut-geluid. 'Sst, Melanie. Dat is niet zo. Je gaat toch voor de honderd?'

'Dan bent u er nog lang niet,' zei Stijn hoffelijk en opeens moesten we allemaal lachen. Mrs. Patterson leek eerder honderdtwintig dan tachtig en ik moest bekennen dat ik geen idee had hoe oud ze was. Dat deed er ook niet toe.

'Wist u dat oom Leo een huis had gekocht in Fillkennagh?' vroeg Stijn.

'Ja,' antwoordde ze langzaam. 'En, jongeman, als je wilt weten of we nog contact hadden met elkaar? Het antwoord daarop is ook ja. Af en toe.'

Ze vertelde over haar leven in de Provence en hoe het haar later verging in Schotland. Ze schetste een beeld van een leven met de nodige tegenslagen, maar ze maakte niettemin een tevreden en opgewekte indruk. Ik keek rond in de kamer. Op de kast stond een ingelijste foto van een man met een petje op en een vriendelijke grijns op zijn gezicht.

'Mrs. Patterson, hebt u enig idee waarom onze oudoom ons Marble House nagelaten heeft?' vroeg ik na een poosje. Ze begon moe te worden en zolang ze nog helder was, wilde ik daarvan profiteren. 'Mijn broer en ik hebben ons het hoofd daar al over gebroken, maar we begrijpen het niet. We hebben hem jaren niet meer gezien, het contact is verbroken toen wij een jaar of elf waren. Waarom heeft oom Leo uitgerekend aan de kinderen van een neef iets nagelaten? Waarom niet aan onze ouders?'

Mrs. Patterson glimlachte lief naar me. '*Lass*, weet je nog wat ik net zei? Hij was gek op jullie. Als je niemand hebt om je fortuin aan na te laten, kies je dan niet voor degenen op wie je ooit zo trots was?'

'Maar wij hebben nooit ons best gedaan om het bij te leggen,' zei ik bijna verontschuldigend. 'Als we echt waren zoals hij ons vond, dan hadden we dat moeten doen.'

Mrs. Patterson schudde haar hoofd langzaam. 'Misschien, misschien ook niet. Hij was een trotse man, hij wilde misschien niet dat jullie vanwege hem ruzie kregen met jullie ouders. Nu is hij er niet meer en kunnen jullie elkaar niets meer kwalijk nemen.'

Daar dacht ik over na. Ik wist dat hij had geprobeerd om ma te verleiden en ik wist dat pa bijna door het lint was gegaan.

'Het heeft niet veel zin om in wrok achterom te kijken,' zei het oude dametje wijs. 'Geniet gewoon van wat je hebt. Ik heb met mijn Vince nog vele gelukkige jaren gehad. Moest ik hem dan altijd blijven nadragen dat hij was weggegaan? Wat toen was, was toen.' Ze verzonk weer in gedachten en ik kon mijn blik niet van haar afhouden. Ze zag er zo sereen uit.

'Het spijt me,' zei ze na een tijdje verontschuldigend. 'Ik ben tegenwoordig nogal vlug moe.' Ze zei het niet met zoveel woorden, maar ik begreep de hint, gaf een hoofdknikje naar Stijn en pakte mijn tas.

'Dank u wel, Mrs. Patterson. U hebt ons goed geholpen.' Ik legde voorzichtig mijn hand op haar door artrose verminkte vingers en ze verraste me door haar andere hand weer boven op de mijne te leggen.

'Liefje, ik kende je oudoom niet half zo goed als jij zou willen. Maar ik weet wel dat het hem plezier zou hebben gedaan als jij in Marble House zou wonen. Gewoon, omdat jij het bent. Jij, en je broer.' Ze wees met haar broze vingers naar Stijn. 'Doe net als ik. Begraaf het verleden. Je leeft in het nu.' Plotseling twinkelden haar ogen, weer een moment van verrassing. 'En je leeft ook nog eens in het fijnste stukje van de wereld. Zou je daar dan geen gebruik van maken?'

In de auto naar Fillkennagh praatte Stijn honderduit, maar ik verzonk in stilte. Het was niet zozeer wat Mrs. Patterson had verteld over Leo, als wel over zichzelf, wat me aan het denken zette. Wat precies oom Leo's drijfveer was, zouden we nooit te weten komen. Maar ze had gelijk: soms was het niet zo gek om het verleden te laten rusten.

Het klonk even ongelooflijk als onlogisch, de verklaring die Mrs. Patterson had gegeven. Als het erop aankwam, had Mrs. Patterson net zo goed erfgenaam kunnen zijn. Maar ook weer niet. Ze was al op leeftijd, de kans dat zij zou overlijden vóór oom Leo was ook niet gering.

De foto's en de kindertekeningen die Stijn en ik hadden gemaakt, die ik in het bureau in de doos had gevonden, waren stille bewijzen van wat Melanie Patterson gezegd had. Wie zou zo lang frutselwerk van een paar kinderen in de basisschoolleeftijd bewaren? Een foto, akkoord. Maar tekeningen, klungelige briefjes vol hanenpoten, ansicht- en kerstkaarten die bewaard waren alsof het middeleeuwse manuscripten in goud op snee betrof? Dat gaf aan hoeveel waarde hij hechtte aan die uitingen van vrolijkheid en genegenheid.

Het was lang geleden – bijna vijftien jaar. Ik zat nog op de basisschool toen de ruzie tussen hem en mijn ouders zich afspeelde en mijn herinneringen aan hem waren vaag en onsamenhangend. Flitsen van het zwembad, van het smalle, ijskoude toilet in Frankrijk, van oom Leo die snoep meebracht in de vorm van plakkerige toffees die ik niet lustte, met Stijn en mij naar de film ging. De stuurse blik van ma en het gesnauw van pa als ik vroeg wanneer we weer naar oom Leo zouden gaan, kwamen ook naar boven drijven. De tijd was de laatste factor geweest die de herinneringen had doen vervagen.

Mrs. Patterson had gelijk.

Oom Leo had ons erfgenamen gemaakt uit naam van nostalgie. Hij was alleen. Geen Melanie Patterson die op zijn avances inging, geen aangetrouwde nicht – mijn moeder – die iets van hem wilde, ruzie met zijn neef – pa – en geen vrienden. Wie had hij nog meer behalve het neefje en nichtje die ooit in zijn tuin voetbalden, in zijn zwembad plonsden, tekeningen voor hem maakten en lachten naar de camera omdat ze het bij hem zo leuk vonden?

Juist.

Niemand.

En dus greep hij terug naar vroeger, toen de blijdschap van die vrolijke tweeling zijn hart nog kon verwarmen. We waren allang niet meer zoals vroeger, maar voor hem had dat er niet toe gedaan.

Stijn en ik waren de enige echte gegadigden.

'Wat ben je stil, Es? Alles goed?' vroeg Stijn, die pas opmerkte dat hij als enige aan het woord geweest was toen we Fillkennagh inreden en hij op mijn aanwijzingen de auto parkeerde op het pleintje voor The Golden Goose. We liepen naar binnen, waar Diana achter de tap stond en Connor net een glas bier aan zijn lippen zette.

'Ja hoor,' antwoordde ik vaag. 'Hoi Diana, hoi Connor. Diana, dit is mijn broer Stijn.' Diana zag er nog steeds een beetje verfomfaaid uit, met een lelijke snee op haar kin, maar ze lachte me toe en gaf Stijn een hand.

'Je hebt een coole zus,' zei ze. 'Zonder haar zat ik waarschijnlijk in een gipsen korset.'

Stijn lachte naar haar. Haar beurse gezicht liet hem niet onberoerd. Hij keek haar openlijk nieuwsgierig aan en het scheelde niet veel of hij had de schram en bijbehorende blauwe plek aangeraakt toen ze naar voren reikte om de tap schoon te vegen.

Ik zag de blik die Connor op haar wierp en toen op mij. Stijn zag het niet. Connor en Diana zouden nooit meer een stel worden, daarvoor was er te veel gebeurd, maar ergens tijdens de schermutseling op het strand was de vijandigheid verdwenen en had plaatsgemaakt voor wederzijds begrip, misschien zelfs wel respect.

Ik glimlachte naar Connor, nam een glas witte wijn aan van Diana en liep naar de deuropening. De zwarte kat schoot weg. De piano had het zwaar te verduren, ondanks Diana's herhaalde pogingen om het beest weg te houden uit de pub.

Ik knipperde tegen het felle licht. Het pleintje van Fillkennagh baadde in het zonlicht. Witte wolken dreven voorbij in een helderblauwe lucht. De huizen eromheen, opgebouwd uit stenen zo groot als schoenendozen, hadden groene of blauwgeverfde luiken die wijd openstonden. Contrasterende felrode geraniums bloeiden in bakken onder de ramen. Tussen de huisjes door zag ik het water van de baai, het zonlicht dat erop glinsterde, de bootjes die dobberden op de golven. Op het strandje speelden kinderen met emmertjes en schepjes. Het waaide flink en de esdoorns op het plein ruisten, alsof ze de geheimen van dorp doorfluisterden. Ik genoot van wat ik zag. Ik dacht aan Frank en Sean. Dáár lag de echte uitdaging, daar wachtte werk op me. Frank had het dan wel niet met zoveel woorden gevraagd, maar ik wist zeker dat hij me met open armen zou ontvangen als ik hem voorstelde om de zorg en het onderwijs van Sean op me te nemen.

Mijn besluit stond vast en vanavond zou ik het met Stijn bespreken. Ik wist best dat hij zou vragen of ik wist waar ik aan begon: een ander land, een andere taal, een andere cultuur.

Maar ik zou me niet van mijn voornemen laten afbrengen. Het leek al zo lang geleden dat ik me afvroeg wat ik moest doen met Marble House, dat het bijna onvoorstelbaar was dat ik hier pas tien dagen was. Ik was in een week tijd gaan houden van dit dorp, van deze omgeving, van de mensen.

'Esther? Wil je wat eten?' riep Diana van achter me.

'Je hebt nog steeds geen *haggis* geproefd,' kwam Connors stem erachteraan. 'En je bent niet echt in Schotland geweest als je geen *haggis* hebt gegeten.'

'*Haggis*?' vroeg Stijn nieuwsgierig. 'Wat is dat?'

Ik lachte, net als Diana en Connor. Ik draaide me om en hief mijn glas naar hen. 'Maak je maar geen zorgen. Ik ben hier nog wel een poosje.'

Reünie in Rome

Als er een uitnodiging voor een reünie van haar middelbare school op de mat valt, is Donna van Dalen door het dolle heen. Eindelijk kan ze terug naar Rome, waar ze opgroeide en naar terugverlangt. Maar juist als ze zich afvraagt hoe ze het beste haar meubels kan laten verschepen, komt ze erachter dat niet alles is wat het lijkt.

Trouw(en)

Als Marieke van Rick een huwelijksaanzoek krijgt, is ze helemaal in de wolken, totdat ze een 06-nummer in Ricks overhemd vindt, en er een lingeriesetje wordt bezorgd dat écht haar maat niet is! De twijfel neemt toe en samen met haar hartsvriendinnen besluiten ze tot actie. Maar is dat wel zo'n goed plan?

Holidays Blues

Als assistent-manager van Hotel Holiday, een vijfsterrenhotel in Amsterdam, ziet de 25-jarige Lian Franssen meer dan goed voor haar is. Dronkenschap, overspel... Maar niet alleen de gasten zorgen voor de nodige beroering. Het botert niet tussen Lian en manager Louis en dat zorgt voor de nodige spanning. Des te beter kan Louis het vinden met Linda, de restaurantmager. Gelukkig steunen haar collega's annex vriendinnen Lian door dik en dun: Lara, de sous-chef, en het Braziliaanse kamermeisje Amelia. Een confrontatie tussen de twee kampen kán niet uitblijven...

Leuk voor één nacht

Wanneer Kaatje naar huis wordt gebracht door Chris – haar koele botte baas met wie ze geregeld in de clinch ligt – had ze nooit kunnen dromen dat hij zou blijven slapen. Na die ene nacht bloeit er onverwachts wat moois op. In het geheim natuurlijk. Niemand mag het weten en dat is nog best lastig aangezien er op kantoor meer geroddeld dan gewerkt wordt. Maar dan is Kaatje zwanger en is er geen ontkomen meer aan.